〈中国語対訳〉

シカの白ちゃん

岡部伊都子・作
李広宏・訳
飯村稀市・写真

作《zuò》者《zhě》・冈《gāng》部《bù》伊《yī》都《dū》子《zǐ》
中《zhōng》文《wén》译《yì》者《zhě》・李《lǐ》广《guǎng》宏《hóng》
摄《shè》影《yǐng》・饭《fàn》村《cūn》稀《xī》市《shì》

梅《méi》花《huā》鹿《lù》“小《xiǎo》白《bái》”的《de》故《gù》事《shi》

藤原書店

1

あるとしの　夏《なつ》のこと。

奈良《なら》のこうえんに、一《いっ》とうのシカの子《こ》が　うまれました。

はにかみやの　おかあさんジカは、人《ひと》のしらないうちに、あかちゃんをうんだのですね。

林《はやし》のなかの、しげったシダの　はかげに、うまれたばかりの　シカの子《こ》が、うずくまっていました。

すみきった、くろい目《め》。

1

一《yì》年《nián》夏《xià》天《tiān》。

在《zài》奈《nài》良《liáng》公《gōng》园《yuán》里《li》，生《shēng》下《xià》了《le》一《yì》只《zhī》小《xiǎo》鹿《lù》。

害《hài》羞《xiū》的《de》鹿《lù》妈《mā》妈《ma》在《zài》人《rén》们《men》不《bù》知《zhī》不《bù》觉《jué》的《de》时《shí》候《hòu》生《shēng》下《xià》了《le》这《zhè》只《zhī》小《xiǎo》鹿《lù》。

树《shù》林《lín》里《li》，刚《gāng》生《shēng》下《xià》来《lái》的《de》小《xiǎo》鹿《lù》，长《zhǎng》着《zhe》一《yí》对《duì》清《qīng》湛《zhàn》的《de》黑《hēi》乎《hū》乎《hū》的《de》眼《yǎn》睛《jīng》，蹲《dūn》在《zài》繁《fán》盛《shèng》的《de》风《fēng》尾《wěi》草《cǎo》的《de》树《shù》影《yǐng》下《xià》。

てんてんと、白《しろ》いもようの　とんでいる　ちゃいろのからだ。

この小《ちい》さなシカの子《こ》は、まだ　じぶんがなになのか、よくわからないように、みずみずしい目《め》で、ちかづくものを見《み》ています。

おかあさんジカは、ぬれた子《こ》ジカの　小《ちい》さなからだを、なめました。せなかも、足《あし》も、ていねいに　なめました。おかあさんのしたは、すいつくようです。きもちよくなります。いま、いずみで　あらって　かわかしたような、きよらかなすがたになりました。

いい子《こ》です。

女《おんな》の子《こ》です。

白《bái》色《sè》的《de》斑《bān》点《diǎn》布《bù》满《mǎn》在《zài》褐《hè》色《sè》身《shēn》上《shàng》的《de》这《zhè》只《zhī》刚《gāng》生《shēng》下《xià》来《lái》的《de》小《xiǎo》鹿《lù》，还《hái》不《bù》知《zhī》道《dào》自《zì》己《jǐ》是《shì》什《shén》么《me》呢《ne》。

用《yòng》它《tā》那《nà》水《shuǐ》灵《líng》灵《líng》的《de》眼《yǎn》睛《jīng》注《zhù》视《shì》着《zhe》走《zǒu》进《jìn》它《tā》身《shēn》边《biān》的《de》一《yí》切《qiè》。

妈《mā》妈《ma》在《zài》不《bù》停《tíng》地《de》舔《tiǎn》着《zhe》小《xiǎo》鹿《lù》浑《hún》身《shēn》湿《shī》透《tòu》了《le》的《de》小《xiǎo》小《xiǎo》的《de》身《shēn》体《tǐ》。一《yí》会《huì》儿《er》背《bèi》上《shang》、一《yí》会《huì》儿《er》脚《jiǎo》上《shang》、那《nà》舌《shé》头《tou》好《hǎo》像《xiàng》吸《xī》盘《pán》一《yí》样《yàng》，紧《jǐn》紧《jǐn》地《de》贴《tiē》在《zài》小《xiǎo》鹿《lù》的《de》身《shēn》上《shàng》。小《xiǎo》鹿《lù》也《yě》慢《màn》慢《man》地《de》开《kāi》始《shǐ》变《biàn》得《de》舒《shū》服《fu》起《qǐ》来《lái》了《le》，浑《hún》身《shēn》就《jiù》象《xiàng》刚《gāng》被《bèi》泉《quán》水《shuǐ》洗《xǐ》得《dé》干《gān》干《gān》净《jìng》净《jìng》的《de》样《yàng》子《zi》。

这《zhè》是《shì》一《yì》只《zhī》母《mǔ》鹿《lù》。

一《yì》只《zhī》多《duō》么《me》可《kě》爱《ài》的《de》梅《méi》花《huā》鹿《lù》呀《ya》！

でも……、ほかのシカとは　ちがうようです。おかあさんジカが、くびをかしげて　身《み》をすりよせると、子《こ》ジカは、おかあさんの　おちちをさがして、くっく、くっくと　すいました。おかあさんは、うれしさと、ふしぎさとに、むねが、ろんろん　なるようでした。

但《dàn》是《shì》，这《zhè》只《zhī》鹿《lù》好《hǎo》象《xiàng》有《yǒu》什《shén》么《me》地《dì》方《fāng》和《hé》其《qí》它《tā》的《de》鹿《lù》不《bù》一《yí》样《yàng》。

妈《mā》妈《ma》歪《wāi》着《zhe》脖《bó》子《zi》把《bǎ》身《shēn》子《zi》凑《còu》近《jìn》了《le》小《xiǎo》鹿《lù》，小《xiǎo》鹿《lù》赶《gǎn》紧《jǐn》把《bǎ》头《tóu》伸《shēn》进《jìn》了《le》妈《mā》妈《mā》的《de》怀《huái》里《li》咕《gū》嘟《dū》咕《gū》嘟《dū》地《de》吃《chī》起《qǐ》了《le》奶《nǎi》。妈《mā》妈《ma》显《xiǎn》得《de》又《yòu》高《gāo》兴《xìng》、又《yòu》有《yǒu》点《diǎn》不《bù》可《kě》思《sī》议《yì》，心《xīn》儿《ér》怦《pēng》怦《pēng》地《de》跳《tiào》个《gè》不《bù》停《tíng》。

2

おかあさんジカの　むねが、ろんろん　なったはずです。おとうさんジカや、おばあさんジカ、ほかのたくさんのシカたちは、そのシカの子《こ》を見《み》て、びっくりしました。

こうえんへあそびにくる　人間《にんげん》のおとなや子《こ》ども、たくさんの人《ひと》たちも、そのシカの子《こ》を見《み》て、びっくりしました。

みんな、これまで、こんなシカの子《こ》を　見《み》たことがありませんでした。

2

妈《mā》妈《ma》的《de》心《xīn》儿《ér》怎《zěn》么《me》不《bù》怦《pēng》怦《pēng》地《de》跳《tiào》个《gè》不《bù》停《tíng》呢《ne》。你《nǐ》看《kàn》，爸《bà》爸《ba》、奶《nǎi》奶《nai》和《hé》其《qí》它《tā》的《de》鹿《lù》儿《ér》们《men》看《kàn》着《zhe》这《zhè》只《zhī》小《xiǎo》鹿《lù》都《dōu》惊《jīng》呆《dāi》了《le》。

来《lái》公《gōng》园《yuán》里《li》游《yóu》览《lǎn》的《de》大《dà》人《rén》们《men》、孩《hái》子《zi》们《men》，看《kàn》着《zhe》这《zhè》只《zhī》小《xiǎo》鹿《lù》也《yě》都《dōu》惊《jīng》呆《dāi》了《le》。

大《dà》家《jiā》从《cóng》来《lái》没《méi》见《jìan》过《guò》有《yǒu》这《zhè》么《me》一《yì》只《zhī》小《xiǎo》鹿《lù》。

この、うまれたばかりの　シカの子《こ》の　ひたいには、まっ白《しろ》なやわらかな毛《け》が、まあるく　かたまって　ついていたのです。

どういう　うまれあわせでしょうか、まるで　白《しろ》い花《はな》かんむりを、ひたいに　かざしているようにみえます。

奈良《なら》のシカには、千二百《せんにひゃく》ねんもの　むかし、春日《かすが》神社のかみさまが、白《しろ》いシカにのって　みかさやまへ　おりてきたという、いいつたえがあり、ながいあいだ、かみさまジカとして　たいせつにされてきました。

まっ白《しろ》なシカが　いたそうです。

りっぱな大《おお》ジカも　いたそうです。

这《zhè》只《zhī》刚《gāng》生《shēng》下《xià》来《lái》的《de》小《xiǎo》鹿《lù》，头《tóu》顶《dǐng》上《shàng》长《zhǎng》着《zhe》一《yí》个《ge》雪《xuě》白《bái》的《de》、圆《yuán》圆《yuán》的《de》毛《máo》茸《róng》球《qiú》。

怎《zěn》么《me》说《shuō》好《hǎo》呢《ne》，简《jiǎn》直《zhí》就《jiù》象《xiàng》天《tiān》生《shēng》的《de》一《yì》只《zhī》白《bái》色《sè》花《huā》冠《guān》安《ān》在《zài》小《xiǎo》鹿《lù》的《de》头《tóu》顶《dǐng》上《shàng》一《yí》样《yàng》。

对《duì》奈《nài》良《liáng》的《de》鹿《lù》来《lái》说《shuō》，有《yǒu》过《guò》这《zhè》么《me》一《yí》个《ge》美《měi》丽《lì》的《de》传《chuán》说《shuō》：一《yì》千《qiān》二《èr》百《bǎi》年《nián》前《qián》，春《chūn》日《rì》神《shén》社《shè》的《de》神《shén》骑《qí》着《zhe》一《yì》只《zhī》白《bái》鹿《lù》从《cóng》奈《nài》良《liáng》的《de》三《sān》笠《lì》山《shān》下《xià》来《lái》了《le》。好《hǎo》长《cháng》一《yí》段《duàn》时《shí》间《jiān》，鹿《lù》被《bèi》人《rén》们《men》视《shì》为《wéi》神《shén》而《ér》受《shòu》到《dào》珍《zhēn》惜《xī》和《hé》爱《ài》戴《dài》。

有《yǒu》过《guò》雪《xuě》白《bái》的《de》鹿《lù》。

也《yě》有《yǒu》过《guò》健《jiàn》壮《zhuàng》硕《shuò》大《dà》的《de》鹿《lù》。

けれど、ふつうのシカのからだで、ただ、ひたいの　まんなかに　白《しろ》い毛《け》をあつめた　シカなんて、これまで、うまれたことがありません。かぜがふくと、やわらかな白《しろ》い毛《け》が、ふわふわ　ゆれました。

「あれは白《しろ》ちゃん。そうよ、シカの白《しろ》ちゃんよ」

日本《にほん》じゅうから　名《な》をつのって、白《しろ》い花《はな》かんむりをもつ　シカの子《こ》は、「白《しろ》ちゃん」と、よばれるようになりました。

可《kě》从《cóng》来《lái》没《méi》有《yǒu》生《shēng》过《guò》一《yì》只《zhī》在《zài》普《pǔ》通《tōng》的《de》鹿《lù》的《de》头《tóu》顶《dǐng》上《shàng》，长《zhǎng》着《zhe》一《yí》个《gè》白《bái》色《sè》毛《máo》茸《róng》球《qiú》的《de》鹿《lù》。软《ruǎn》软《ruǎn》的《de》白《bái》色《sè》的《de》毛《máo》茸《róng》在《zài》风《fēng》吹《chuī》来《lái》的《de》时《shí》候《hòu》轻《qīng》轻《qīng》地《de》飘《piāo》动《dòng》着《zhe》。

“啊《à》！那《nà》是《shì》小《xiǎo》白《bái》、是《shì》呀《ya》是《shì》呀《ya》！是《shì》那《nà》只《zhī》梅《méi》花《huā》鹿《lù》的《de》小《xiǎo》白《bái》”。

从《cóng》日《rì》本《běn》各《gè》地《dì》慕《mù》名《míng》而《ér》来《lái》的《de》游《yóu》客《kè》们《men》，大《dà》家《jiā》都《dōu》把《bǎ》这《zhè》只《zhī》头《tóu》顶《dǐng》白《bái》色《sè》花《huā》冠《guān》的《de》小《xiǎo》鹿《lù》称《chēng》为《wéi》“小《xiǎo》白《bái》”了《le》。

3

小《ちい》さなシカの子《こ》の　はだは、うすくて　やわらかです。

だから、アブや、ハチがさします。血《ち》をすいます。毛《け》のなかへ　虫《むし》がくいついて、かゆくて　たまらないこともあります。

なにをされても、首《くび》をふったり、からだを　かんだりしてみるだけ。ときどき、おかあさんが　首《くび》のあたりを　やさしく　かんでくれます。

3

幼《yòu》小《xiǎo》的《de》小《xiǎo》白《bái》的《de》皮《pí》肤《fū》又《yòu》薄《báo》又《yòu》软《ruǎn》。

所《suǒ》以《yǐ》，常《cháng》常《cháng》被《bèi》虻《méng》子《zi》呀《ya》蜂《fēng》子《zi》蜇《zhē》着《zhe》吸《xī》着《zhe》血《xiě》，在《zài》身《shēn》上《shàng》的《de》毛《máo》丛《cóng》里《li》咬《yǎo》着《zhe》不《bú》放《fàng》，总《zǒng》是《shì》让《ràng》小《xiǎo》鹿《lù》觉《jué》得《de》实《shí》在《zài》难《nán》忍《rěn》。

不《bù》管《guǎn》被《bèi》怎《zěn》么《me》着《zhe》，小《xiǎo》白《bái》也《yě》只《zhǐ》能《néng》是《shì》转《zhuǎn》过《guò》头《tóu》来《lái》咬《yǎo》一《yí》下《xià》身《shēn》体《tǐ》而《ér》已《yǐ》。妈《mā》妈《ma》也《yě》常《cháng》常《cháng》咬《yǎo》着《zhe》小《xiǎo》白《bái》的《de》头《tóu》颈《jǐng》部《bù》位《wèi》，温《wēn》柔《róu》地《de》给《gěi》小《xiǎo》白《bái》挠《náo》痒《yǎng》。

あるゆうがた、人《ひと》のすくなくなった　うすぐらい　こうえんで、白《しろ》ちゃんは　くさをたべているおかあさんから　はなれて、いいにおいのするほうへいってみました。

人間《にんげん》が、あまいにおいのするパンを　こぼしていました。おかあさんのおちちとにた、おいしそうな　においでした。

と、とつぜん、なまぐさいかぜとともに　大《おお》きな　くろいかたまりが、こちらへ　とんできます。白《しろ》ちゃんは、なんともいえない　こわさをかんじて、足《あし》がすくんでしまいました。

「ああっ、なんだろ！」

一《yì》天《tiān》傍《bàng》晚《wǎn》，游《yóu》客《kè》们《men》渐《jiàn》渐《jiàn》地《de》走《zǒu》了《le》。在《zài》昏《hūn》暗《àn》的《de》公《gōng》园《yuán》里《li》，小《xiǎo》白《bái》离《lí》开《kāi》了《le》在《zài》吃《chī》着《zhe》草《cǎo》的《de》妈《mā》妈《ma》身《shēn》边《biān》，朝《cháo》着《zhe》散《sàn》发《fā》着《zhe》香《xiāng》味《wèi》的《de》方《fāng》向《xiàng》走《zǒu》去《qù》。

原《yuán》来《lái》是《shì》游《yóu》客《kè》们《men》撒《sǎ》在《zài》地《dì》上《shàng》散《sàn》发《fā》着《zhe》香《xiāng》味《wèi》的《de》面《miàn》包《bāo》，就《jiù》好《hǎo》象《xiàng》妈《mā》妈《ma》的《de》奶《nǎi》那《nà》么《me》香《xiāng》。

突《tū》然《rán》，吹《chuī》来《lái》了《le》一《yí》阵《zhèn》带《dài》着《zhe》腥《xīng》臊《sāo》味《wèi》的《de》风《fēng》。一《yí》个《ge》很《hěn》大《dà》的《de》黑《hēi》乎《hū》乎《hū》的《de》东《dōng》西《xi》朝《cháo》着《zhe》这《zhè》边《biān》飞《fēi》来《lái》。小《xiǎo》白《bái》有《yǒu》一《yì》种《zhǒng》无《wú》法《fǎ》形《xíng》容《róng》的《de》恐《kǒng》惧《jù》，两《liǎng》腿《tuǐ》发《fā》软《ruǎn》动《dòng》也《yě》不《bù》能《néng》动《dòng》。

“啊《á》！　这《zhè》是《shì》怎《zěn》么《me》回《huí》事《shì》？”

そのときです。

からだじゅうの　毛《け》をさかだてた　おかあさんジカが、白《しろ》ちゃんのまえへ、だっと、とびだしてきました。白《しろ》ちゃんに　とびかかろうとした　のら犬《いぬ》へ、ひっしのいきおいの　おかあさんが、ぎゃくに　とびついてゆきました。

犬《いぬ》は、おどろいて　にげました。

あくるあさ、興福寺《こうふくじ》の五重塔《ごじゅうのとう》のそばに、小《ちい》さなシカの子《こ》が　たおれていました。

白《しろ》ちゃんは　おかあさんに　まもられましたが、にげおくれたシカの子《こ》が、犬《いぬ》に　おなかをかまれてしまったのです。

这《zhè》时《shí》，小《xiǎo》白《bái》全《quán》身《shēn》的《de》毛《máo》都《dōu》竖《shù》了《le》起《qǐ》来《lái》。

妈《mā》妈《ma》飞《fēi》快《kuài》地《de》跑《pǎo》到《dào》了《le》小《xiǎo》白《bái》的《de》面《miàn》前《qián》，拼《pīn》命《mìng》地《de》朝《cháo》着《zhe》向《xiàng》小《xiǎo》白《bái》窜《cuàn》来《lái》的《de》野《yě》狗《gǒu》猛《měng》扑《pū》过《guò》去《qù》。

野《yě》狗《gǒu》被《bèi》吓《xià》得《de》逃《táo》跑《pǎo》了《le》。

第《dì》二《èr》天《tiān》早《zǎo》上《shàng》，有《yǒu》一《yì》只《zhī》小《xiǎo》鹿《lù》倒《dǎo》在《zài》兴《xìng》福《fú》寺《sì》的《de》五《wǔ》重《chóng》塔《tǎ》下《xià》。

小《xiǎo》白《bái》受《shòu》到《dào》了《le》妈《mā》妈《ma》的《de》保《bǎo》护《hù》而《ér》得《dé》救《jiù》了《le》。然《rán》而《ér》另《lìng》一《yì》只《zhī》没《méi》来《lái》得《de》及《jí》逃《táo》走《zǒu》的《de》小《xiǎo》鹿《lù》却《què》被《bèi》野《yě》狗《gǒu》咬《yǎo》破《pò》肚《dù》子《zi》死《sǐ》了《le》。

「奈良《なら》のシカあいごかい」の　おじさんが、

「ことしは　もうこれで、十《じゅっ》とうめだ」

と、かなしそうに　つぶやきました。

“奈《nài》良《liáng》爱《ài》鹿《lù》协《xié》会《huì》”的《de》一《yí》位《wèi》叔《shū》叔《shu》用《yòng》悲《bēi》伤《shāng》而《ér》低《dī》沉《chén》的《de》语《yǔ》气《qì》说《shuō》：“今《jīn》年《nián》被《bèi》野《yě》狗《gǒu》咬《yǎo》死《sǐ》的《de》鹿《lù》已《yǐ》经《jīng》是《shì》第《dì》十《shí》只《zhī》了《le》”。

4

とびひ野《の》、かすが野《の》。
なだらかな　わかくさ山《やま》。
ふかい森《もり》の　みかさ山《やま》。

シカは、おとこジカと　おんなジカとが、それぞれ　べつのグループをつくって、くらしています。あかちゃんジカや、少年《しょうねん》ジカは、おんなジカのグループに　はいっています。

4

飞《fēi》火《huǒ》野《yě》、春《chūn》日《rì》野《yě》。

悠《yōu》悠《yōu》平《píng》缓《huǎn》的《de》若《ruò》草《cǎo》山《shān》。

森《sēn》林《lín》繁《fán》盛《shèng》的《de》三《sān》笠《lì》山《shān》。

一《yì》般《bān》，鹿《lù》是《shì》分《fēn》成《chéng》公《gōng》鹿《lù》和《hé》母《mǔ》鹿《lù》两《liǎng》个《ge》不《bù》同《tóng》的《de》群《qún》体《tǐ》生《shēng》活《huó》着《zhe》的《de》。仔《zǐ》鹿《lù》、幼《yòu》鹿《lù》和《hé》母《mǔ》鹿《lù》们《men》一《yì》起《qǐ》生《shēng》活《huó》。

白《しろ》ちゃんのおかあさん、おばあさん、おねえさんや　おともだちのいるおんなジカのグループは、はくぶつかんの　よこで、ねていました。おひるのあそびばは、興福寺《こうふくじ》のちかく。グループによって、いばしょがちがうのです。

むかしからの木《き》が　みどりこくはえている　かすがのおく山《やま》へ　はいって、山《やま》ジカとなった　シカがいます。かとおもうと、ゆうがたの町《まち》へ　さんぽにゆく　シカもいます。ちかくのはたけの　さくもつをたべて、しかられている　シカもいます。

人間《にんげん》の子《こ》どもたちは、シカが　だいすき。すぐそばまで　シカがきて、じぶんの手《て》から　シカせんべいを　たべてくれると、うれしくなります。

小《xiǎo》白《bái》的《de》妈《mā》妈《ma》、奶《nǎi》奶《nai》、姐《jiě》姐《jie》和《hé》其《qí》它《tā》的《de》鹿《lù》姐《jiě》妹《mèi》们《men》总《zǒng》是《shì》睡《shuì》在《zài》博《bó》物《wù》馆《guǎn》的《de》旁《páng》边《biān》。

白《bái》天《tiān》在《zài》兴《xìng》福《fú》寺《sì》附《fù》近《jìn》玩《wán》耍《shuǎ》。由《yóu》于《yú》群《qún》体《tǐ》的《de》不《bù》同《tóng》，所《suǒ》以《yǐ》平《píng》时《shí》逗《dòu》留《liú》的《de》地《dì》方《fāng》也《yě》不《bù》同《tóng》。

在《zài》古《gǔ》树《shù》参《cān》天《tiān》繁《fán》盛《shèng》浓《nóng》密《mì》的《de》春《chūn》日《rì》山《shān》的《de》深《shēn》山《shān》里《li》生《shēng》活《huó》着《zhe》另《lìng》一《yì》群《qún》野《yě》鹿《lù》。

但《dàn》是《shì》也《yě》有《yǒu》些《xiē》野《yě》鹿《lù》到《dào》了《le》傍《bàng》晚《wǎn》时《shí》分《fēn》到《dào》街《jiē》市《shì》去《qù》散《sàn》步《bù》，吃《chī》附《fù》近《jìn》田《tián》里《li》种《zhòng》的《de》植《zhí》物《wù》而《ér》被《bèi》田《tián》主《zhǔ》们《men》斥《chì》责《zé》。

孩《hái》子《zi》们《men》都《dōu》非《fēi》常《cháng》喜《xǐ》欢《huan》梅《méi》花《huā》鹿《lù》。立《lì》即《jí》走《zǒu》近《jìn》鹿《lù》的《de》身《shēn》边《biān》，亲《qīn》手《shǒu》把《bǎ》为《wèi》鹿《lù》特《tè》制《zhì》的《de》脆《cuì》饼《bǐng》干《gān》给《gěi》鹿《lù》吃《chī》。当《dāng》鹿《lù》吃《chī》了《le》脆《cuì》饼《bǐng》干《gān》后《hòu》，孩《hái》子《zi》们《men》会《huì》显《xiǎn》得《de》很《hěn》高《gāo》兴《xìng》。

　でも、なんとうも　ちかよってくるので、こわくなって　なく子《こ》もいます。

白《しろ》ちゃんを　見《み》ようとして、人《ひと》がいっぱい　やってきました。

花《はな》かんむりの白《しろ》ちゃんは、さいこうの、にんきものでした。

但《dàn》是《shì》，当《dāng》鹿《lù》在《zài》不《bù》停《tíng》地《de》追《zhuī》赶《gǎn》着《zhe》孩《hái》子《zi》要《yào》食《shí》的《de》时《shí》候《hòu》，有《yǒu》些《xiē》孩《hái》子《zi》会《huì》被《bèi》吓《xià》得《de》哭《kū》起《qǐ》来《lái》。

为《wèi》了《le》看《kàn》一《yì》眼《yǎn》小《xiǎo》白《bái》，很《hěn》多《duō》人《rén》都《dōu》赶《gǎn》道《dào》前《qián》来《lái》。

头《tóu》顶《dǐng》着《zhe》白《bái》色《sè》花《huā》朵《duǒ》的《de》小《xiǎo》白《bái》是《shì》最《zuì》受《shòu》人《rén》们《men》欢《huān》迎《yíng》的《de》了《le》。

5

いつのまにか、あさばんのつめたい　秋《あき》となっていました。

はぎの花《はな》がさきました。

白《しろ》いはぎ、赤《あか》いはぎ。

さきみちた　はぎの花《はな》の、つぶつぶちると、じめんの上《うえ》に、花《はな》の　ずあんが　えがかれます。

シカにとっては、こいのきせつです。

5

不《bù》知《zhī》不《bù》觉《jué》，早《zǎo》晚《wǎn》凉《liáng》爽《shuǎng》的《de》秋《qiū》季《jì》已《yǐ》来《lái》到《dào》。

胡《hú》枝《zhī》子《zi》花《huā》开《kāi》了《le》。

白《bái》色《sè》的《de》胡《hú》枝《zhī》子《zi》、红《hóng》色《sè》的《de》胡《hú》枝《zhī》子《zi》，开《kāi》满《mǎn》着《zhe》的《de》胡《hú》枝《zhī》子《zi》花《huā》的《de》果《guǒ》实《shí》落《luò》满《mǎn》在《zài》地《dì》面《miàn》上《shàng》，绘《huì》出《chū》了《le》一《yì》幅《fú》美《měi》丽《lì》的《de》花《huā》案《àn》。

对《duì》鹿《lù》儿《er》们《men》来《lái》说《shuō》，这《zhè》个《ge》恋《liàn》爱《ài》的《de》季《jì》节《jié》终《zhōng》于《yú》来《lái》到《dào》了《le》。

夏《なつ》のあいだは、シカせんべいを　ねだって　のろのろしていた　おとこジカたちが、おんなジカのこころを　ひきつけようと、いきいきしてきました。きっと、うちがわから　力《ちから》があふれてきて、じっとしていられないのにちがいありません。ぬかるみで　どろんこになって、つよく見《み》せようとしたり、のどからのどへとつづく　ながい毛《け》を　みせびらかせて、木《き》にくびをこすりつけたりします。二《に》だん、三《さん》だんもの　えだづのをもった　おとこジカが二《に》とう、ガキッと　つのをつきあわせて、はげしく　たたかいます。

「ふーっ」あいてのかおに　いきをふきかけて、おどすのです。

夏《xià》天《tiān》悠《yōu》荡《dàng》着《zhe》一《yì》心《xīn》想《xiǎng》得《dé》到《dào》食《shí》物《wù》的《de》公《gōng》鹿《lù》们《men》，为《wèi》了《le》想《xiǎng》得《dé》到《dào》母《mǔ》鹿《lù》的《de》喜《xǐ》爱《ài》，一《yì》只《zhī》只《zhī》都《dōu》振《zhèn》作《zuò》了《le》起《qǐ》来《lái》。一《yí》定《dìng》是《shì》从《cóng》体《tǐ》内《nèi》爆《bào》发《fā》出《chū》来《lái》的《de》力《lì》量《liang》使《shǐ》得《de》公《gōng》鹿《lù》们《men》一《yí》个《gè》个《gè》显《xiǎn》得《de》精《jīng》神《shén》旺《wàng》盛《shèng》，一《yì》点《diǎn》也《yě》不《bù》能《néng》安《ān》分《fèn》守《shǒu》己《jǐ》。

在《zài》泥《ní》浆《jiāng》里《li》把《bǎ》整《zhěng》个《gè》身《shēn》子《zi》滚《gǔn》成《chéng》了《le》个《ge》泥《ní》团《tuán》，把《bǎ》自《zì》己《jǐ》脖《bó》子《zi》下《xià》的《de》长《zhǎng》毛《máo》特《tè》意《yì》地《de》显《xiǎn》示《shì》给《gěi》对《duì》方《fāng》看《kàn》。把《bǎ》脖《bó》子《zi》在《zài》树《shù》上《shàng》不《bù》停《tíng》地《de》磨《mó》擦《cā》着《zhe》。这《zhè》些《xiē》都《dōu》是《shì》好《hǎo》象《xiàng》要《yào》表《biǎo》示《shì》出《chū》自《zì》己《jǐ》的《de》强《qiáng》壮《zhuàng》来《lái》的《de》。

两《liǎng》只《zhī》拥《yōng》有《yǒu》着《zhe》二《èr》、三《sān》节《jié》树《shù》枝《zhī》般《bān》的《de》角《jiǎo》的《de》公《gōng》鹿《lù》激《jī》烈《liè》地《de》在《zài》拼《pīn》斗《dòu》着《zhe》。只《zhǐ》听《tīng》“咚《dōng》”的《de》一《yì》声《shēng》顶《dǐng》起《qǐ》了《le》角《jiǎo》来《lái》。呼《hū》呼《hū》地《de》朝《cháo》着《zhe》对《duì》方《fāng》的《de》脸《liǎn》上《shàng》喷《pēn》着《zhe》热《rè》气《qì》，想《xiǎng》吓《xià》唬《hu》对《duì》方《fāng》。

どちらか一《いっ》とうが　にげてゆくと、のこったほうは、いばっています。そこが、じぶんのおしろ　といったぐあいに。

白《しろ》ちゃんは、おとなのつよさに、目《め》をまるくしました。

「ミューン」、「フューン」。

ささやきの小《こ》みちでも、大仏殿《だいぶつでん》のうらでも、おとこジカの　なくこえがしています。

「ここは、わたしのばしょだ。ほかの　おとこジカは、はいるなよ」

そういう　いみも、あるのでしょう。

「フューン」、「ミュウーン」

如《rú》果《guǒ》有《yǒu》一《yì》方《fāng》逃《táo》走《zǒu》了《le》的《de》话《huà》，那《nà》么《me》另《lìng》一《yī》方《fāng》就《jiù》会《huì》显《xiǎn》示《shì》出《chū》战《zhàn》胜《shèng》者《zhě》的《de》威《wēi》严《yán》。

小《xiǎo》白《bái》被《bèi》大《dà》人《rén》们《men》的《de》这《zhè》种《zhǒng》威《wēi》力《lì》惊《jīng》得《de》瞪《dèng》直《zhí》了《le》眼《yǎn》睛《jīng》。

在《zài》幽《yōu》静《jìng》的《de》小《xiǎo》道《dào》上《shàng》、在《zài》大《dà》佛《fó》殿《diàn》的《de》后《hòu》边《biān》儿《er》、到《dào》处《chù》都《dōu》听《tīng》到《dào》公《gōng》鹿《lù》“咩《miē》咩《miē》”的《de》叫《jiào》喊《hǎn》声《shēng》。

这《zhè》叫《jiào》喊《hǎn》声《shēng》中《zhōng》也《yě》有《yǒu》这《zhè》样《yàng》的《de》意《yì》思《si》：“这《zhè》里《li》是《shì》我《wǒ》的《de》地《dì》盘《pán》呀《ya》，任《rèn》何《hé》公《gōng》鹿《lù》都《dōu》不《bù》许《xǔ》进《jìn》来《lái》哟《yō》！”

“咩《miē》咩《miē》”

あの、たかく、なやましい　おとこジカのこえは、おんなジカを　よんでいるのです。

「すきだよ、すきだよ。ここへおいでよ」。

那《nà》只《zhī》高《gāo》高《gāo》的《de》、带《dài》有《yǒu》挑《tiǎo》逗《dòu》性《xìng》的《de》公《gōng》鹿《lù》的《de》叫《jiào》声《shēng》，
在《zài》呼《hū》唤《huàn》着《zhe》母《mǔ》鹿《lù》。

“你《nǐ》真《zhēn》美《měi》啊《a》，你《nǐ》真《zhēn》漂《piào》亮《liang》哟《yo》。快《kuài》过《guò》来《lái》吧《ba》。”

6

いつも　いっしょにいる　おねえさんジカが、グループをはなれてゆきました。

「だいじょうぶなの？」

白《しろ》ちゃんは、おかあさんを　見《み》あげました。

「いいの。そら、『まってるよ、おいでよ』って、なかよしが　よんでるでしょう」

6

总《zǒng》是《shì》生《shēng》活《huó》在《zài》一《yì》起《qǐ》的《de》鹿《lù》姐《jiě》姐《jie》，悄《qiāo》悄《qiāo》地《de》离《lí》开《kāi》自《zì》己《jǐ》的《de》群《qún》体《tǐ》跟《gēn》着《zhe》公《gōng》鹿《lù》跑《pǎo》去《qù》了《le》。

“没《méi》问《wèn》题《tí》吗《ma》？”

小《xiǎo》白《bái》抬《tái》着《zhe》头《tóu》问《wèn》妈《mā》妈《ma》。

“没《méi》事《shì》儿《er》。你《nǐ》瞧《qiáo》，我《wǒ》在《zài》等《děng》着《zhe》你《nǐ》呢《ne》，快《kuài》来《lái》哟《yo》。’那《nà》位《wèi》相《xiāng》好《hǎo》在《zài》这《zhè》样《yàng》呼《hū》唤《huàn》着《zhe》呢《ne》。”

おねえさんジカは、もう四《よん》さい。

シカの一《いち》ねんは、人間の三《さん》、四《よ》ねんに　あたるといいます。おねえさんに、あかちゃんをうむ力《ちから》が　できたのです。

おばさんジカも、見《み》えなくなりました。

おかあさんは、どうかなあ。

白《しろ》ちゃんは、おかあさんの足《あし》に、まといつきました。おかあさんの、こいおちちを　すっていると、あんしんでした。

つめたい雨《あめ》や、しもがふって、きいろ、べにいろ、かずかずの　もみじが、こうえんや、うら山《やま》を　そめています。

鹿《lù》姐《jiě》姐《jie》已《yǐ》经《jīng》四《sì》岁《suì》了《le》。

鹿《lù》的《de》一《yì》年《nián》，相《xiāng》当《dāng》于《yú》人《rén》的《de》三《sān》、四《sì》年《nián》。鹿《lù》姐《jiě》姐《jie》已《yǐ》经《jīng》有《yǒu》生《shēng》孩《hái》子《zi》的《de》能《néng》力《lì》了《le》。

鹿《lù》阿《ā》姨《yí》也《yě》不《bú》见《jiàn》了《le》。

妈《mā》妈《ma》怎《zěn》么《me》样《yàng》呢《ne》？

小《xiǎo》白《bái》担《dān》心《xīn》地《de》缠《chán》着《zhe》妈《mā》妈《ma》的《de》腿《tuǐ》，然《rán》后《hòu》吃《chī》起《qǐ》了《le》妈《mā》妈《ma》香《xiāng》浓《nóng》的《de》奶《nǎi》。这《zhè》样《yàng》，小《xiǎo》白《bái》才《cái》觉《jué》得《de》安《ān》下《xià》心《xīn》来《lái》。

下《xià》起《qǐ》了《le》湿《shī》冷《lěng》的《de》雨《yǔ》，霜《shuāng》也《yě》开《kāi》始《shǐ》降《jiàng》了《le》下《xià》来《lái》。黄《huáng》的《de》、红《hóng》的《de》、各《gè》种《zhǒng》各《gè》样《yàng》的《de》枫《fēng》叶《yè》把《bǎ》公《gōng》园《yuán》、山《shān》间《jiān》染《rǎn》成《chéng》了《le》一《yì》幅《fú》画《huà》。

あきがきたなら
つまをこいして
シカがなくでしょう。
（長《ながの》皇《み》子《こ》）

なくシカのこえの
うちに秋はくれて
ゆくのですね
（紀《きの》貫《つら》之《ゆき》）

秋《qiū》天《tiān》到《dào》来《lái》了《le》
鹿《lù》儿《ér》恋《liàn》起《qǐ》了《le》妻《qī》子《zi》
引《yǐn》歌《gē》而《ér》唱《chàng》

（长《cháng》皇《huáng》子《zǐ》）

鹿《lù》鸣《míng》声《shēng》声《shēng》间《jiān》
深《shēn》秋《qiū》揭《jiē》幕《mù》帘《lián》

（纪《jì》贯《guàn》之《zhī》）

こんないみの　ふるいうたが　あります。これまで、どんなにたくさんのおとこのひとが、シカのこえに、おんなのひとをこいしたうおもいをかさねて、秋《あき》のうたを、うたってきたことでしょうか。

まっかなもみじの　木《き》の下《した》にいる　シカのせなかに、もみじばが　ちりかかるからでしょうか、「ミューン、ヒューン」と、あいてをもとめてなくシカには、「もみじ鳥《どり》」とよぶ、もう一《ひと》つの名《な》が、あるのですって。

也《yě》有《yǒu》象《xiàng》这《zhè》种《zhǒng》意《yì》思《si》的《de》古《gǔ》谣《yáo》。从《cóng》古《gǔ》到《dào》今《jīn》，听《tīng》着《zhe》这《zhè》鹿《lù》鸣《míng》声《shēng》，不《bù》知《zhī》有《yǒu》多《duō》少《shǎo》男《nán》子《zi》，恋《liàn》起《qǐ》了《le》自《zì》己《jǐ》的《de》心《xīn》上《shàng》人《rén》，唱《chàng》起《qǐ》过《guò》秋《qiū》天《tiān》的《de》歌《gē》儿《er》呢《ne》。

在《zài》长《zhǎng》满《mǎn》了《le》红《hóng》艳《yàn》艳《yàn》的《de》枫《fēng》叶《yè》的《de》树《shù》下《xià》，枫《fēng》叶《yè》随《suí》秋《qiū》风《fēng》飘《piāo》落《luò》在《zài》梅《méi》花《huā》鹿《lù》的《de》背《bèi》上《shàng》。对《duì》咩《miē》咩《miē》地《de》叫《jiào》着《zhe》在《zài》寻《xún》找《zhǎo》着《zhe》相《xiāng》好《hǎo》的《de》鹿《lù》来《lái》说《shuō》，这《zhè》就《jiù》是《shì》“枫《fēng》叶《yè》鸟《niǎo》”的《de》称《chēng》呼《hu》的《de》另《lìng》一《yí》个《gè》说《shuō》法《fǎ》。

7

冬《ふゆ》の奈良《なら》は、とってもしずか。

さむさが、しんしん。

白《しろ》ちゃんたち、シカのからだの毛《け》は、あの、白《しろ》いところが　てんてんとある「かのこまだら」の夏毛《なつげ》から、すっかり、こげちゃいろの、冬毛《ふゆげ》になっています。

7

冬《dōng》季《jì》的《de》奈《nài》良《liáng》是《shì》非《fēi》常《cháng》安《ān》静《jìng》的《de》。

寒《hán》冷《lěng》也《yě》是《shì》那《nà》么《me》深《shēn》深《shēn》的《de》、静《jìng》静《jìng》的《de》。

夏《xià》季《jì》，梅《méi》花《huā》鹿《lù》那《nà》布《bù》满《mǎn》斑《bān》点《diǎn》的《de》皮《pí》毛《máo》颜《yán》色《sè》比《bǐ》较《jiào》淡《dàn》。然《rán》而《ér》到《dào》了《le》秋《qiū》季《jì》，小《xiǎo》白《bái》和《hé》其《qí》它《tā》的《de》梅《méi》花《huā》鹿《lù》一《yí》样《yàng》，毛《máo》色《sè》也《yě》已《yǐ》变《biàn》得《de》深《shēn》起《qǐ》来《lái》了《le》。

ななめにふってくる　ぼたんゆきのなかで、せのびして　木《き》のはをたべようとするシカ。
木《き》のかわを　むしってたべているシカ。

クスノキ、スギ、ケヤキ、クロマツ、アラカシ、シイ、アオキ、ツバキなどなど、シカたちは　せいいっぱいのノビをして、たべられる木《き》のはを　ぜんぶ　たべてしまうので、木《き》の下《した》が、きれいに　おなじたかさになっています。だから、シカのたべないナギや、アセビの木《き》だけが、よくそだつのです。

鹅《é》毛《máo》大《dà》雪《xuě》中《zhōng》，鹿《lù》儿《ér》们《men》伸《shēn》长《cháng》脖《bó》子《zi》吃《chī》着《zhe》树《shù》叶《yè》，有《yǒu》的《de》在《zài》啃《kěn》着《zhe》树《shù》皮《pí》吃《chī》。

楠《nán》树《shù》、杉《shān》树《shù》、榉《jǔ》树《shù》、黑《hēi》松《sōng》、粗《cū》樫《jiān》树《shù》、椎《zhuī》树《shù》、青《qīng》树《shù》、椿《chūn》树《shù》等《děng》等《děng》。鹿《lù》儿《ér》们《men》拼《pīn》命《mìng》地《de》伸《shēn》着《zhe》脖《bó》子《zǐ》，把《bǎ》能《néng》吃《chī》的《de》叶《yè》子《zi》都《dōu》吃《chī》了《le》。所《suǒ》以《yǐ》没《méi》能《néng》吃《chī》掉《diào》的《de》叶《yè》子《zi》都《dōu》那《nà》么《me》一《yì》般《bān》高《gāo》。但《dàn》是《shì》鹿《lù》不《bù》喜《xǐ》欢《huān》吃《chī》的《de》竹《zhú》柏《bǎi》、马《mǎ》醉《zuì》木《mù》却《què》长《zhǎng》得《de》好《hǎo》好《hao》的《de》。

あまり人《ひと》のこない　冬《ふゆ》のこうえん。とくに　ゆきの日《ひ》は、茶店《ちゃみせ》も戸《と》をしめています。どこにも、こぼれたたべものはありません。ゆきのこおったみちを　あるいていて、シカが　つるっと　足《あし》をすべらせるのを　見《み》かけます。

人《ひと》のいないこうえんが、ほんとうのシカのこうえんのようです。

白《しろ》ちゃんは、ずいぶん　おおきくなりました。けれど、まだ　おかあさんのおちちを　のんでいます。でも、春《はる》になって、わかくさのにおいがするようになれば、ひとりでも　たべてゆけるでしょう。

冬《dōng》天《tiān》公《gōng》园《yuán》里《li》游《yóu》人《rén》很《hěn》少《shǎo》。特《tè》别《bié》是《shì》下《xià》了《le》雪《xuě》以《yǐ》后《hòu》，附《fù》近《jìn》的《de》茶《chá》店《diàn》也《yě》都《dōu》关《guān》着《zhe》门《mén》，鹿《lù》儿《ér》们《men》得《dé》到《dào》食《shí》物《wù》的《de》机《jī》会《huì》也《yě》少《shǎo》了《le》。常《cháng》常《cháng》可《kě》以《yǐ》看《kàn》到《dào》梅《méi》花《huā》鹿《lù》滑《huá》走《zǒu》在《zài》冻《dòng》着《zhe》的《de》路《lù》上《shang》。没《méi》有《yǒu》人《rén》的《de》公《gōng》园《yuán》，一《yí》下《xià》子《zi》成《chéng》了《le》一《yí》个《ge》鹿《lù》的《de》公《gōng》园《yuán》了《le》。

小《xiǎo》白《bái》已《yǐ》经《jīng》长《zhǎng》大《dà》了《le》，但《dàn》还《hái》吃《chī》着《zhe》妈《mā》妈《ma》的《de》奶《nǎi》。不《bú》过《guò》到《dào》了《le》春《chūn》天《tiān》，当《dāng》小《xiǎo》白《bái》一《yì》闻《wén》到《dào》嫩《nèn》草《cǎo》的《de》香《xiāng》味《wèi》的《de》时《shí》候《hòu》，一《yí》定《dìng》能《néng》独《dú》立《lì》地《de》去《qù》吃《chī》草《cǎo》了《le》。

8

春《はる》をつげる　二月堂《にがつどう》のお水《みず》とりのころには、アセビに　小《ちい》さなすずのかたちをした　白《しろ》い花《はな》が、びっしりとさきます。月《つき》のひかりをうけると、ぼおっと白《しろ》く、つもったゆきのように見《み》えます。

シカは　いつも　口《くち》をもぐもぐさせています。

「あれぇ、シカは　ガムをかんでいるのかな」

8

每《měi》年《nián》在《zài》东《dōng》大《dà》寺《sì》二《èr》月《yuè》堂《táng》举《jǔ》行《xíng》“取《qǔ》水《shuǐ》”仪《yí》式《shì》的《de》这《zhè》天《tiān》，也《yě》就《jiù》是《shì》春《chūn》天《tiān》来《lái》到《dào》的《de》时《shí》候《hòu》。这《zhè》时《shí》，马《mǎ》醉《zuì》木《mù》草《cǎo》上《shàng》那《nà》铃《líng》状《zhuàng》的《de》小《xiǎo》白《bái》花《huā》遍《biàn》地《dì》开《kāi》放《fàng》。在《zài》月《yuè》光《guāng》的《de》映《yìng》照《zhào》下《xià》，朦《méng》朦《méng》的《de》白《bái》色《sè》看《kàn》上《shàng》去《qù》就《jiù》象《xiàng》积《jī》满《mǎn》的《de》雪《xuě》一《yí》样《yàng》。

鹿《lù》儿《ér》们《men》的《de》嘴《zuǐ》总《zǒng》是《shì》不《bù》停《tíng》地《de》嚼《jiáo》着《zhe》。

“咦《yí》，鹿《lù》的《de》嘴《zuǐ》巴《bā》好《hǎo》象《xiàng》在《zài》嚼《jiáo》着《zhe》口《kǒu》香《xiāng》糖《táng》似《sì》的《de》。”

いいえ、シカは、牛《うし》とおなじように、おなかに　四《よっ》つも　いぶくろをもっていて、いったんたべたものを、すこしずつ　口《くち》へもどし、もいちど、もぐもぐと　かみなおすのです。

春《はる》になって、白《しろ》ちゃんには、気《き》になることが　ありました。それは、おかあさんが、だんだん　げんきをなくしてゆくことでした。

おなかのあたりが　どぼんとふくれて、たいへんだるそうなのです。

白《しろ》ちゃんをかわいがって、パンや、じぶんのいえでやいてきた　こうばしいおせんべいを　くれる人《ひと》がいました。おかあさんにも　たべさせたいのですが、いまは、どうしようもありません。

不《bù》，鹿《lù》和《hé》牛《niú》一《yí》样《yàng》，肚《dù》子《zi》里《li》有《yǒu》四《sì》个《ge》胃《wèi》。把《bǎ》一《yí》下《xià》子《zi》吃《chī》下《xià》去《qù》的《de》东《dōng》西《xi》，再《zài》一《yì》点《diǎn》一《yì》点《diǎn》地《de》返《fǎn》回《huí》到《dào》嘴《zuǐ》里《li》，慢《màn》慢《màn》回《huí》味《wèi》地《de》嚼《jiáo》着《zhe》吃《chī》。

到《dào》了《le》春《chūn》天《tiān》，小《xiǎo》白《bái》好《hǎo》象《xiàng》有《yǒu》点《diǎn》越《yuè》来《lái》越《yuè》感《gǎn》到《dào》不《bù》安《ān》了《le》。因《yīn》为《wèi》鹿《lù》妈《mā》妈《ma》渐《jiàn》渐《jiàn》地《de》变《biàn》得《de》没《méi》那《nà》么《me》精《jīn》神《shén》了《le》。

肚《dù》子《zi》也《yě》变《biàn》得《de》圆《yuán》鼓《gǔ》鼓《gǔ》的《de》，越《yuè》来《lái》越《yuè》显《xiǎn》得《de》疲《pí》惫《bèi》和《hé》乏《fá》力《lì》了《le》。

宠《chǒng》爱《ài》小《xiǎo》白《bái》的《de》人《rén》们《men》常《cháng》常《cháng》带《dài》着《zhe》面《miàn》包《bāo》呀《ya》、在《zài》自《zì》己《jǐ》家《jiā》里《li》做《zuò》好《hǎo》的《de》香《xiāng》脆《cuì》饼《bǐng》干《gān》呀《ya》来《lái》到《dào》公《gōng》园《yuán》里《li》给《gěi》小《xiǎo》白《bái》吃《chī》，同《tóng》时《shí》也《yě》常《cháng》常《cháng》给《gěi》鹿《lù》妈《mā》妈《ma》吃《chī》。但《dàn》是《shì》现《xiàn》在《zài》鹿《lù》妈《mā》妈《ma》的《de》情《qíng》形《xíng》实《shí》在《zài》是《shì》不《bù》知《zhī》怎《zěn》么《me》才《cái》好《hǎo》。

おかあさんジカの　ぐあいをしんぱいした　こうえんのおじさんが、おかあさんをシカのびょういんへ　つれていってしまったからです。

そして、おかあさんジカは、そのまま、白《しろ》ちゃんとあえずに、しんでしまいました。おなかをひらくと、ねじれてかたまった　ひものようなものが、でてきたそうです。

こうえんであそんだ人《ひと》たちは、たべものをいれてきた　ビニールぶくろを、すててゆきます。たべのこしの　においにつられて、シカは　ビニールまでのみこむので、それが、おなかのなかで、石《いし》のように　かたまってしまったのです。

だいすきな　おかあさんは、もう　どこにも　いません。

管《guǎn》理《lǐ》公《gōng》园《yuán》的《de》叔《shū》叔《shu》非《fēi》常《cháng》担《dān》心《xīn》鹿《lù》妈《mā》妈《ma》的《de》身《shēn》体《tǐ》，只《zhǐ》好《hǎo》把《bǎ》鹿《lù》妈《mā》妈《ma》带《dài》到《dào》动《dòng》物《wù》医《yī》院《yuàn》去《qù》了《le》。

就《jiù》这《zhè》样《yàng》，鹿《lù》妈《mā》妈《ma》离《lí》开《kāi》了《le》小《xiǎo》白《bái》，病《bìng》死《sǐ》在《zài》动《dòng》物《wù》医《yī》院《yuàn》了《le》。医《yī》生《shēng》打《dǎ》开《kāi》了《le》鹿《lù》妈《mā》妈《ma》的《de》肚《dù》子《zi》，看《kàn》到《dào》的《de》是《shì》被《bèi》扭《niǔ》曲《qū》成《chéng》团《tuán》象《xiàng》绳《shéng》子《zi》样《yàng》的《de》东《dōng》西《xi》。

来《lái》公《gōng》园《yuán》游《yóu》玩《wán》的《de》游《yóu》客《kè》们《men》，把《bǎ》用《yòng》过《guò》的《de》塑《sù》料《liào》食《shí》品《pǐn》袋《dài》随《suí》意《yì》地《de》扔《rēng》在《zài》公《gōng》园《yuán》里《li》。鹿《lù》禁《jīn》不《bu》住《zhù》残《cán》留《liú》在《zài》口《kǒu》袋《dài》里《li》食《shí》品《pǐn》香《xiāng》味《wèi》的《de》诱《yòu》惑《huò》，连《lián》放《fàng》食《shí》品《pǐn》的《de》塑《sù》料《liào》袋《dài》也《yě》一《yì》起《qǐ》吞《tūn》咽《yèn》下《xià》去《qù》。这《zhè》样《yàng》，塑《sù》料《liào》口《kǒu》袋《dài》在《zài》鹿《lù》的《de》肚《dù》子《zi》里《li》结《jié》成《chéng》了《le》象《xiàng》石《shí》头《tou》一《yí》样《yàng》的《de》硬《yìng》块《kuài》。

小《xiǎo》白《bái》从《cóng》此《cǐ》再《zài》也《yě》见《jiàn》不《bú》到《dào》自《zì》己《jǐ》心《xīn》爱《ài》的《de》妈《mā》妈《ma》了《le》。

9

　白《しろ》ちゃんを　見《み》かけた人《ひと》は、おとなも　子《こ》どもも、「白《しろ》ちゃん」「白《しろ》ちゃん」と、白《しろ》ちゃんのあとを　おいました。シカの白《しろ》ちゃんには、あまりうれしいことではありません。

　うまれつき　やさしく、かんがえぶかい　白《しろ》ちゃんでした。おなじシカのなかまとこそ、なかよくたのしくくらしたいのです。

9

见《jiàn》到《dào》小《xiǎo》白《bái》的《de》人《rén》们《men》，不《bú》论《lùn》是《shì》大《dà》人《rén》或《huò》是《shì》孩《hái》子《zi》，大《dà》家《jiā》一《yí》面《miàn》追《zhuī》赶《gǎn》着《zhe》，一《yí》面《miàn》“小《xiǎo》白《bái》、小《xiǎo》白《bái》”地《de》喊《hǎn》着《zhe》。其《qí》实《shí》小《xiǎo》白《bái》并《bìng》不《bù》喜《xǐ》欢《huān》人《rén》们《men》这《zhè》样《yàng》来《lái》对《duì》待《dài》自《zì》己《jǐ》呢《ne》。

小《xiǎo》白《bái》是《shì》个《ge》天《tiān》生《shēng》温《wēn》柔《róu》、谨《jǐn》慎《shèn》多《duō》感《gǎn》的《de》乖《guāi》孩《hái》子《zi》。它《tā》很《hěn》想《xiǎng》和《hé》其《qí》它《tā》的《de》鹿《lù》儿《ér》们《men》和《hé》睦《mù》地《de》相《xiāng》处《chǔ》呢《ne》。

ところが、ほかのグループのシカは、ひたいに白《しろ》い花《はな》かんむりをもつ白《しろ》ちゃんとであうと、見《み》なれないからか、とっさに、けいかいのしせいをとるのです。

「なんで、わたしをよけるのかしら」

白《しろ》ちゃんは、そのたびに、さみしくなりました。

そのせいでしょうか、五《ご》ねんたっても、六《ろく》ねんたっても、白《しろ》ちゃんは　あかちゃんを　うみません。

白《しろ》ちゃんと　おなじとしにうまれた　おんなジカは、みんな、おかあさんになりました。七《しち》、八《はち》ねんもたつと、その子《こ》ジカたちが、つぎのあかちゃんをうみます。

但《dàn》是《shì》，当《dāng》其《qí》它《tā》鹿《lù》群《qún》里《li》的《de》鹿《lù》和《hé》头《tóu》戴《dài》白《bái》色《sè》花《huā》冠《guān》的《de》小《xiǎo》白《bái》相《xiāng》遇《yù》时《shí》，因《yīn》为《wèi》是《shì》从《cóng》来《lái》没《méi》有《yǒu》看《kàn》到《dào》过《guò》的《de》缘《yuán》故《gù》，刹《chà》那《nà》间《jiān》架《jià》起《qǐ》了《le》戒《jiè》备《bèi》的《de》姿《zī》态《tài》。

“为《wèi》什《shén》么《me》大《dà》家《jiā》都《dōu》要《yào》避《bì》开《kāi》我《wǒ》呢《ne》？”

小《xiǎo》白《bái》每《měi》当《dāng》遇《yù》到《dào》这《zhè》种《zhǒng》情《qíng》形《xíng》时《shí》总《zǒng》会《huì》显《xiǎn》得《de》非《fēi》常《cháng》孤《gū》独《dú》和《hé》寂《jì》寞《mò》。

可《kě》能《néng》是《shì》因《yīn》为《wèi》这《zhè》样《yàng》，过《guò》了《le》五《wǔ》、六《liù》年《nián》，小《xiǎo》白《bái》还《hái》没《méi》能《néng》生《shēng》下《xià》一《yí》个《ge》孩《hái》子《zi》。和《hé》小《xiǎo》白《bái》同《tóng》年《nián》生《shēng》下《xià》来《lái》的《de》母《mǔ》鹿《lù》，大《dà》家《jiā》都《dōu》做《zuò》了《le》妈《mā》妈《ma》了《le》。等《děng》到《dào》过《guò》了《le》七《qī》、八《bā》年《nián》以《yǐ》后《hòu》，这《zhè》些《xiē》刚《gāng》生《shēng》下《xià》来《lái》的《de》小《xiǎo》鹿《lù》们《men》又《yòu》会《huì》生《shēng》下《xià》自《zì》己《jǐ》的《de》孩《hái》子《zi》。

いくら、人間《にんげん》たちが「奈良《なら》こうえんの女王《じょおう》」などと　もてはやしても、
白《しろ》ちゃんは、シカ。

春《はる》、わかみどりの　くさや木《き》のめが　もえだし、さくらの花《はな》や、山《やま》ふじの
花《はな》がさき、そして、まつの花《か》ふんが　ちりました。
白《しろ》ちゃんは、まつのねっこに、ひっそり　すわっていました。

“奈《nài》良《liáng》公《gōng》园《yuán》的《de》女《nǔ》王《wáng》”。不《bù》管《guǎn》人《rén》们《men》多《duō》么《me》特《tè》别《bié》夸《kuā》奖《jiǎng》着《zhe》小《xiǎo》白《bái》，然《rán》而《ér》小《xiǎo》白《bái》也《yě》还《hái》是《shì》一《yì》只《zhī》有《yǒu》着《zhe》生《shēng》命《mìng》的《de》鹿《lù》呀《ya》。

春《chūn》天《tiān》，嫩《nèn》绿《lù》的《de》草《cǎo》木《mù》开《kāi》始《shǐ》发《fā》芽《yá》。樱《yīng》花《huā》呀《ya》、山《shān》紫《zǐ》藤《téng》在《zài》开《kāi》放《fàng》着《zhe》。松《sōng》树《shù》的《de》花《huā》粉《fěn》也《yě》在《zài》飞《fēi》扬《yáng》着《zhe》。

而《ér》小《xiǎo》白《bái》却《què》孤《gū》独《dú》地《de》坐《zuò》在《zài》松《sōng》树《shù》下《xià》。

10

八《はち》ねんめの秋《あき》が、やってきました。

「メニューン」「ミィーン」

また、おとこジカたちの、こえがとおく、ちかくから　きこえてきました。

秋《あき》になると、おとこジカを、ふえや、たべものや、人《ひと》の力《ちから》で　一《ひと》つところへ　おいこんで、つのをきりおとす「つのきり」が　おこなわれます。

10

第《dì》八《bā》年《nián》的《de》秋《qiū》天《tiān》来《lái》到《dào》了《le》。

从《cóng》远《yuǎn》处《chù》、近《jìn》处《chù》都《dōu》可《kě》以《yǐ》听《tīng》到《dào》公《gōng》鹿《lù》们《men》“么《me》赫《hè》、么《me》赫《hè》”的《de》叫《jiào》喊《hǎn》声《shēng》。

到《dào》了《le》秋《qiū》季《jì》，人《rén》们《men》用《yòng》哨《shào》子《zi》呀《ya》、食《shí》物《wù》呀《ya》、或《huò》者《zhě》人《rén》力《lì》把《bǎ》公《gōng》鹿《lù》们《men》赶《gǎn》到《dào》一《yí》个《ge》地《dì》方《fāng》，把《bǎ》它《tā》们《men》的《de》鹿《lù》角《jiǎo》锯《jù》掉《diào》。这《zhè》就《jiù》称《chēng》为《wéi》“切《qiē》角《jiǎo》”。

ほんとうは、シカのつのは　人《ひと》がきらなくても、冬《ふゆ》から春《はる》までのあいだにおちるのですが、りっぱなつのを　はげしくぶつけてたたかう　秋《あき》のおとこジカが、人《ひと》に　けがをさせてはいけないという　しんぱいがあるのでしょう。きのどくに、「つのきり」へつれてゆかれているあいだに、じぶんのおきにいりのばしょを、ほかのおとこジカに　とられてしまうシカもいます。

ある日《ひ》、白《しろ》ちゃんは、ふだんききなれない　ちょうしのこえを、ききとめました。

かすが山《やま》の山《やま》ジカか、あるいは、とおい　よしの山《やま》あたりから　やってきた　シカかもしれません。その、するどく、はげしいひびきは、

其实《qí shí》，即使《jí shǐ》人们《rén men》不《bú》锯《jù》去《qù》鹿角《lù jiǎo》的《de》话《huà》，在《zài》冬季《dōng jì》至《zhì》春季《chūn jì》之间《zhī jiān》，鹿角《lù jiǎo》也《yě》会《huì》自然《zì rán》地《de》脱落《tuō luò》下来《xià lái》。然《rán》而《ér》每《měi》到《dào》秋季《qiū jì》，公鹿《gōng lù》们《men》都《dōu》要《yào》用《yòng》坚硬《jiān yìng》强壮《qiáng zhuàng》的《de》鹿角《lù jiǎo》开始《kāi shǐ》一场《yì chǎng》激烈《jī liè》的《de》争霸战《zhēng bà zhàn》。可能《kě néng》是《shì》为了《wèi le》怕《pà》伤《shāng》害《hài》人《rén》，所以《suǒ yǐ》人们《rén men》才《cái》把《bǎ》鹿角《lù jiǎo》锯掉《jù diào》的吧《de ba》。

可惜《kě xī》的是《de shì》，有的《yǒu de》公鹿《gōng lù》在《zài》被《bèi》带去《dài qù》锯角《jù jiǎo》的《de》时候《shí hóu》，自己《zì jǐ》心爱《xīn ài》如意《rú yì》的《de》地方《dì fāng》会《huì》被《bèi》其它《qí tā》的《de》公鹿《gōng lù》所《suǒ》占领《zhàn lǐng》。

有一天《yǒu yì tiān》，小白《xiǎo bái》听到了《tīng dào le》平时《píng shí》从来《cóng lái》没《méi》听到过的《tīng dào guò de》鹿鸣声《lù míng shēng》。

这《zhè》可能《kě néng》是《shì》春日《chūn rì》山上《shān shàng》的《de》野林《yě lín》里《li》的《de》山鹿《shān lù》吧《ba》。也《yě》许《xǔ》是《shì》从《cóng》远处《yuǎn chù》的《de》吉野《jí yě》山上《shān shàng》过来《guò lái》的《de》鹿《lù》吧《ba》。那《nà》尖《jiān》尖《jiān》的《de》剧烈《jù liè》的《de》叫喊声《jiào hǎn shēng》好象《hǎo xiàng》是《shì》在《zài》说《shuō》：

「おいで！　すきだよ！　だあいすきだよ！」

と、いっています。

見《み》たこともないシカの、きいたことのない　こえ。でも、その「ミューン」「ヒューン」のさけびを、はっきり「わたしをよぶこえ」だと、白《しろ》ちゃんはおもいました。

白《しろ》ちゃんは、白《しろ》い花《はな》かんむりを　しなやかにゆらめかせ、そのこえにむかって　林《はやし》のなかへ、はいってゆきました。

“你《nǐ》过《guò》来《lái》吧《ba》！我《wǒ》喜《xǐ》欢《huān》你《nǐ》哟《yo》！真《zhēn》的《de》太《tài》喜《xǐ》欢《huān》你《nǐ》了《le》！”

从《cóng》来《lái》没《méi》有《yǒu》看《kàn》到《dào》过《guò》的《de》鹿《lù》，从《cóng》来《lái》也《yě》没《méi》有《yǒu》听《tīng》到《dào》过《guò》的《de》声《shēng》音《yīn》。但《dàn》是《shì》小《xiǎo》白《bái》觉《jué》得《de》：“这《zhè》‘喵《miāo》嗷《áo》、喵《miāo》嗷《áo》’的《de》叫《jiào》声《shēng》，分《fēn》明《míng》是《shì》在《zài》叫《jiào》唤《huàn》我《wǒ》的《de》”。

小《xiǎo》白《bái》摇《yáo》动《dòng》着《zhe》头《tóu》顶《dǐng》上《shàng》的《de》白《bái》色《sè》花《huā》冠《guān》，朝《cháo》着《zhe》那《nà》个《ge》叫《jiào》声《shēng》走《zǒu》进《jìn》了《le》林《lín》间《jiān》深《shēn》处《chù》。

11

それは、せいかんな、わかいシカでした。

ひとめで、白《しろ》ちゃんは、からだをあつくしました。このシカのために、白《しろ》ちゃんはうまれたのでしょうか。

このシカが、白《しろ》ちゃんのために、うまれたのでしょうか。どこでうまれ、どこでそだった　おとこジカなのでしょう。

11

那《nà》是《shì》一《yì》只《zhī》精《jīng》悍《hàn》又《yòu》年《nián》轻《qīng》的《de》山《shān》鹿《lù》。

小《xiǎo》白《bái》刚《gāng》瞧《qiáo》上《shàng》第《dì》一《yī》眼《yǎn》，就《jiù》感《gǎn》到《dào》浑《hún》身《shēn》热《rè》乎《hū》乎《hū》的《de》了《le》。它《tā》觉《jué》得《de》自《zì》己《jǐ》好《hǎo》象《xiàng》是《shì》为《wèi》了《le》这《zhè》只《zhī》山《shān》鹿《lù》而《ér》生《shēng》的《de》。

这《zhè》只《zhī》公《gōng》山《shān》鹿《lù》也《yě》好《hǎo》象《xiàng》是《shì》为《wèi》了《le》小《xiǎo》白《bái》而《ér》生《shēng》的《de》。

小《xiǎo》白《bái》不《bù》知《zhī》它《tā》是《shì》在《zài》哪《nǎ》儿《er》出《chū》生《shēng》、也《yě》不《bù》知《zhī》它《tā》是《shì》在《zài》哪《nǎ》儿《er》长《zhǎng》大《dà》的《de》。

うれしいなあ。このおとこジカと　であえて。

よかったなあ、このわかいシカのそばへ　くることができて。

でも……、白《しろ》ちゃんは、おそろしさと、はずかしさとで、いきがつまりそうでした。

もし、わたしのかおを見《み》て、にげていったら　どうしよう。わたしを　きらって、このばしょから　わたしをおいだしたら　どうしよう。

これまで、なんとうもの　おとこジカが、白《しろ》ちゃんのひたいを見《み》て、おどろきのようすを　みせました。

こわごわです。でも、うまれてはじめて、こいしてしまった　白《しろ》ちゃんには、どうしようもなく　ひきよせられてゆく、あゆみでした。

和《hé》这《zhè》只《zhī》公《gōng》山《shān》鹿《lù》相《xiāng》识《shí》真《zhēn》是《shì》太《tài》高《gāo》兴《xìng》了《le》。

能《néng》来《lái》到《dào》这《zhè》年《nián》轻《qīng》的《de》公《gōng》山《shān》鹿《lù》身《shēn》旁《páng》真《zhēn》是《shì》太《tài》好《hǎo》了《le》！

但《dàn》是《shì》，恐《kǒng》惧《jù》和《hé》羞《xiū》怯《qiè》几《jī》乎《hū》让《ràng》小《xiǎo》白《bái》气《qì》都《dōu》喘《chuǎn》不《bú》过《guò》来《lái》了《le》。

如《rú》果《guǒ》对《duì》方《fāng》看《kàn》到《dào》我《wǒ》的《de》脸《liǎn》吓《xià》跑《pǎo》了《le》怎《zěn》么《me》办《bàn》呢《ne》？如《rú》果《guǒ》讨《tǎo》厌《yàn》我《wǒ》，把《bǎ》我《wǒ》从《cóng》这《zhè》里《lǐ》赶《gǎn》出《chū》去《qù》的《de》话《huà》又《yòu》怎《zěn》么《me》办《bàn》呢《ne》？

到《dào》目《mù》前《qián》为《wéi》止《zhǐ》，有《yǒu》过《guò》好《hǎo》多《duō》次《cì》当《dāng》公《gōng》鹿《lù》看《kàn》到《dào》小《xiǎo》白《bái》的《de》头《tóu》顶《dǐng》而《ér》吓《xià》呆《dāi》了《le》的《de》情《qíng》形《xíng》。

小《xiǎo》白《bái》真《zhēn》有《yǒu》点《diǎn》害《hài》怕《pà》。但《dàn》是《shì》对《duì》出《chū》生《shēng》以《yǐ》来《lái》第《dì》一《yí》次《cì》爱《ài》上《shàng》别《bié》人《rén》的《de》小《xiǎo》白《bái》来《lái》说《shuō》，真《zhēn》是《shì》一《yì》点《diǎn》儿《er》主《zhǔ》意《yì》都《dōu》没《méi》有《yǒu》了《le》。它《tā》开《kāi》始《shǐ》起《qǐ》步《bù》凑《còu》近《jìn》了《le》公《gōng》山《shān》鹿《lù》。

わかいシカは、かがやくような　おんなジカを、ふむふむないて、むかえました。すりよって　白《しろ》ちゃんのからだをなめ、花《はな》かんむりも　なめました。

なきたくなったのは、白《しろ》ちゃんのほうでした。そうして、白《しろ》ちゃんは　ふるえながら、花《はな》よめジカとなったのです。

年《nián》轻《qīng》的《de》公《gōng》山《shān》鹿《lù》神《shén》采《cǎi》奕《yì》奕《yì》地《de》嗯《ng》嗯《ng》哼《hēng》哼《hēng》地《de》迎《yíng》了《le》上《shàng》去《qù》。凑《còu》上《shàng》去《qù》舔《tiǎn》了《le》小《xiǎo》白《bái》的《de》身《shēn》体《tǐ》。

小《xiǎo》白《bái》激《jī》动《dòng》得《de》有《yǒu》点《diǎn》要《yào》哭《kū》了《le》。高《gāo》兴《xìng》得《de》浑《hún》身《shēn》在《zài》颤《chàn》抖《dǒu》着《zhe》。就《jiù》这《zhè》样《yàng》，小《xiǎo》白《bái》做《zuò》了《le》新《xīn》娘《niáng》了《le》。

12

かわいい　あかちゃんジカのうまれたのは、さやさや、みどりのかぜがふく、はつ夏《なつ》のあさでした。

九《く》ねんまえ、おかあさんが　白《しろ》ちゃんをなめて　きれいにしてくれたように、白《しろ》ちゃんも、あかちゃんを、すっかりなめました。足《あし》のうらまで、なめてなめて、きれいにしてやりました。

12

在《zài》飒《sà》飒《sà》的《de》绿《lù》色《sè》轻《qīng》风《fēng》轻《qīng》轻《qīng》吹《chuī》来《lái》的《de》一《yí》个《ge》初《chū》夏《xià》的《de》早《zǎo》晨《chén》，一《yì》只《zhī》可《kě》爱《ài》的《de》小《xiǎo》鹿《lù》诞《dàn》生《shēng》了《le》。

就《jiù》象《xiàng》九《jiǔ》年《nián》前《qián》鹿《lù》妈《mā》妈《ma》把《bǎ》小《xiǎo》白《bái》舔《tiǎn》得《de》干《gān》干《gān》净《jìng》净《jìng》的《de》一《yí》样《yàng》，小《xiǎo》白《bái》把《bǎ》自《zì》己《jǐ》的《de》孩《hái》子《zi》浑《hún》身《shēn》上《shàng》下《xià》舔《tiǎn》得《de》个《ge》干《gān》干《gān》净《jìng》净《jìng》。就《jiù》连《lián》孩《hái》子《zi》的《de》脚《jiǎo》底《dǐ》也《yě》舔《tiǎn》得《de》个《ge》清《qīng》清《qīng》爽《shuǎng》爽《shuǎng》。

うまれてきたあかちゃんには、白《しろ》ちゃんのような、ひたいの白《しろ》い花《はな》かんむりは、ありません。ふつうのシカの子《こ》です。

「ひょっとしたら、また」とまっていた人間《にんげん》たちは、「なんだ」とがっかりしましたが、白《しろ》ちゃんは、ほっとしました。

ふつうのシカの子《こ》でよかったんです。そうでなければ、白《しろ》ちゃんのように、人間《にんげん》にもてはやされながら　なかまはずれといった、ひとりぼっちのおもいを　あじわうでしょうから。

「あかちゃんって、こんなに　うれしいものなのね。こんなに　かわいいものなのね」

白《しろ》ちゃんは、むねをふくらませました。

生《shēng》下《xià》来《lái》的《de》孩《hái》子《zi》没《méi》有《yǒu》小《xiǎo》白《bái》头《tóu》顶《dǐng》上《shàng》那《nà》样《yàng》的《de》白《bái》色《sè》花《huā》冠《guān》。是《shì》一《yì》只《zhī》普《pǔ》普《pǔ》通《tōng》通《tōng》的《de》小《xiǎo》鹿《lù》。

“说《shuō》不《bu》定《dìng》，侥《jiǎo》幸《xìng》会《huì》……。”“这《zhè》究《jiū》竟《jìng》是《shì》怎《zěn》么《me》回《huí》事《shì》呢《ne》？”期《qī》待《dài》着《zhe》的《de》人《rén》们《men》都《dōu》失《shī》望《wàng》了《le》。然《rán》而《ér》小《xiǎo》白《bái》却《què》安《ān》下《xià》心《xīn》来《lái》了《le》。正《zhèng》因《yīn》为《wèi》是《shì》普《pǔ》通《tōng》的《de》小《xiǎo》鹿《lù》才《cái》好《hǎo》呢《ne》。

不《bù》然《rán》的《de》话《huà》，又《yòu》要《yào》象《xiàng》小《xiǎo》白《bái》那《nà》样《yàng》，被《bèi》人《rén》们《men》戏《xì》弄《nòng》着《zhe》、被《bèi》鹿《lù》儿《ér》们《men》疏《shū》远《yuǎn》着《zhe》、又《yòu》要《yào》品《pǐn》尝《cháng》到《dào》孤《gū》零《líng》凄《qī》凉《liáng》的《de》滋《zī》味《wèi》了《le》。

“小《xiǎo》鹿《lù》儿《ér》真《zhēn》是《shì》太《tài》让《ràng》人《rén》高《gāo》兴《xìng》了《le》。世《shì》上《shàng》哪《nǎ》有《yǒu》这《zhè》么《me》可《kě》爱《ài》的《de》宝《bǎo》贝《bèi》呢《ne》！”

小《xiǎo》白《bái》顿《dùn》觉《jué》得《de》胸《xiōng》中《zhōng》热《rè》乎《hū》乎《hū》的《de》。

小《ちい》さな　あかちゃんジカは、春日《かすが》神社《じんじゃ》のおくの　かくればで、白《しろ》ちゃんのかえりを　まっていました。

あかちゃんが　白《しろ》ちゃんのおっぱいに　すいつくと、白《しろ》ちゃんは　目《め》をほそめました。

すべっても、とびついても、じゃまをしても、かわいくて　しかたがないのです。

あかちゃんをうんだ　おんなの人《ひと》が、いっそう　うつくしくなるように、白《しろ》ちゃんは、いよいよ　つややかなシカとなりました。

ははジカらしい　おちつきが、白《しろ》ちゃんとであった人《ひと》を、どきんとさせました。

小《xiǎo》鹿《lù》儿《ér》在《zài》春《chūn》日《rì》神《shén》社《shè》后《hòu》面《mian》隐《yǐn》蔽《bì》地《dì》里《li》等《děng》着《zhe》小《xiǎo》白《bái》妈《mā》妈《ma》回《huí》来《lái》。

当《dāng》小《xiǎo》鹿《lù》儿《ér》在《zài》吃《chī》着《zhe》小《xiǎo》白《bái》妈《mā》妈《ma》的《de》奶《nǎi》时《shí》，小《xiǎo》白《bái》幸《xìng》福《fú》安《ān》逸《yì》地《de》眯《mī》起《qǐ》了《le》眼《yǎn》睛《jīng》。

即《jí》使《shǐ》小《xiǎo》鹿《lù》儿《ér》站《zhàn》不《bù》稳《wěn》跌《diē》着《zhe》，即《jí》使《shǐ》小《xiǎo》鹿《lù》儿《ér》突《tū》然《rán》地《de》一《yí》下《xià》子《zi》扑《pū》过《guò》来《lái》，即《jí》使《shǐ》小《xiǎo》鹿《lù》儿《ér》对《duì》自《zì》己《jǐ》纠《jiū》缠《chán》个《ge》不《bù》停《tíng》，这《zhè》些《xiē》对《duì》小《xiǎo》白《bái》来《lái》说《shuō》真《zhēn》是《shì》一《yì》点《diǎn》也《yě》不《bù》觉《jué》得《de》麻《má》烦《fan》。因《yīn》为《wèi》自《zì》己《jǐ》的《de》小《xiǎo》鹿《lù》儿《ér》太《tài》天《tiān》真《zhēn》可《kě》爱《ài》了《le》。

就《jiù》好《hǎo》象《xiàng》是《shì》生《shēng》了《le》孩《hái》子《zi》的《de》女《nǚ》人《rén》会《huì》变《biàn》得《de》更《gèng》漂《piào》亮《liang》一《yí》样《yàng》，小《xiǎo》白《bái》也《yě》变《biàn》得《de》更《gèng》加《jiā》光《guāng》彩《cǎi》夺《duó》目《mù》了《le》。

见《jiàn》过《guò》小《xiǎo》白《bái》的《de》人《rén》们《men》都《dōu》吃《chī》了《le》一《yì》惊《jīng》，小《xiǎo》白《bái》变《biàn》得《de》非《fēi》常《cháng》富《fù》有《yǒu》妈《mā》妈《ma》的《de》气《qì》质《zhì》，性《xìng》格《gé》也《yě》变《biàn》得《de》更《gèng》加《jiā》稳《wěn》重《zhòng》了《le》。

13

春日神社《かすがじんじゃ》につたわる　たからものに、「かすがシカまんだら」という、絵《え》があります。

この絵《え》には、一《いっ》ぽんのまっすぐな木《き》のたつ　くらを　せなかにおいた、おとこジカが　えがかれています。

かみさまが、その木《き》をつたって　おりていらっしゃる、かみさまジカの絵《え》なのです。

13

春《chūn》日《rì》神《shén》社《shè》里《li》珍《zhēn》藏《cáng》着《zhe》一《yì》幅《fú》流《liú》传《chuán》下《xià》来《lái》的《de》珍《zhēn》贵《guì》的《de》《春《chūn》日《rì》鹿《lù》曼《màn》陀《tuó》罗《luó》》画《huà》。

这《zhè》幅《fú》画《huà》画《huà》着《zhe》一《yì》只《zhī》公《gōng》鹿《lù》的《de》鞍《ān》上《shàng》背《bēi》着《zhe》一《yì》棵《kē》笔《bǐ》直《zhí》的《de》树《shù》。

神《shén》就《jiù》顺《shùn》着《zhe》这《zhè》棵《kē》树《shù》下《xià》来《lái》了《le》。这《zhè》是《shì》一《yì》幅《fú》描《miáo》绘《huì》神《shén》鹿《lù》的《de》画《huà》。

もともと、シカは　きれいなけものですから、シカをえがいた絵《え》は、たくさんあります。東大寺《とうだいじ》のおくらにも、つのを　まるで　花《はな》よめの　つのかくしのような　かたちにした、花《はな》ジカとよぶ　ずあんの　うつわがあります。

シカまんだらにしても、花《はな》ジカにしても、つのをもつ　おとこジカがちゅうしんです。おとこジカと　おんなジカとを、いっしょにえがいたものはあっても、おんなジカだけの絵《え》や、ずあんは、すくないとおもいます。

おとこジカを　かみさまのみがわり　とおもって、シカにであうと　おじぎをして　おがんだ人《ひと》が、むかし、あったそうです。

其《qí》实《shí》，鹿《lù》是《shì》动《dòng》物《wù》中《zhōng》比《bǐ》较《jiào》干《gān》净《jìng》的《de》动《dòng》物《wù》。所《suǒ》以《yǐ》以《yǐ》鹿《lù》为《wéi》题《tí》材《cái》的《de》画《huà》也《yě》是《shì》很《hěn》多《duō》的《de》。在《zài》东《dōng》大《dà》寺《sì》的《de》宝《bǎo》藏《zàng》库《kù》里《li》，就《jiù》有《yǒu》一《yì》幅《fú》画《huà》在《zài》一《yì》只《zhī》器《qì》具《jù》上《shàng》的《de》，简《jiǎn》直《zhí》就《jiù》象《xiàng》拥《yōng》有《yǒu》新《xīn》娘《niáng》子《zi》那《nà》白《bái》披《pī》纱《shā》般《bān》的《de》鹿《lù》角《jiǎo》的《de》花《huā》鹿《lù》图《tú》案《àn》画《huà》。

无《wú》论《lùn》是《shì》《鹿《lù》曼《màn》陀《tuó》罗《luó》》还《hái》是《shì》《花《huā》鹿《lù》》，一《yì》般《bān》都《dōu》是《shì》以《yǐ》带《dài》着《zhe》鹿《lù》角《jiǎo》的《de》公《gōng》鹿《lù》为《wéi》中《zhōng》心《xīn》的《de》。虽《suī》然《rán》有《yǒu》公《gōng》鹿《lù》和《hé》母《mǔ》鹿《lù》在《zài》一《yì》起《qǐ》的《de》画《huà》，但《dàn》是《shì》只《zhǐ》画《huà》有《yǒu》母《mǔ》鹿《lù》的《de》画《huà》和《hé》图《tú》案《àn》却《què》很《hěn》少《shǎo》能《néng》看《kàn》到《dào》。

过《guò》去《qù》也《yě》有《yǒu》人《rén》把《bǎ》公《gōng》鹿《lù》作《zuò》为《wéi》神《shén》的《de》化《huà》身《shēn》，在《zài》路《lù》上《shang》遇《yù》到《dào》公《gōng》鹿《lù》时《shí》，常《cháng》常《cháng》给《gěi》公《gōng》鹿《lù》鞠《jū》躬《gōng》、合《hé》掌《zhǎng》膜《mó》拜《bài》。

つののない　おんなジカでも、かしこいシカや、やさしいシカ、りっぱなこころのシカが　いたでしょう。白《しろ》ちゃんは、見《み》る人間《にんげん》のこころをうつ、けだかいシカでした。

これまで、たくさんのシカを　ずあんに　えがいてきた人間《にんげん》ですが、白《しろ》ちゃんのような花《はな》かんむりの　おんなジカのすがたは、かんがえつかなかったのですね。

おんなジカ　白《しろ》ちゃんを　まんなかにした、すてきな「シカまんだら」が、かきたいな。

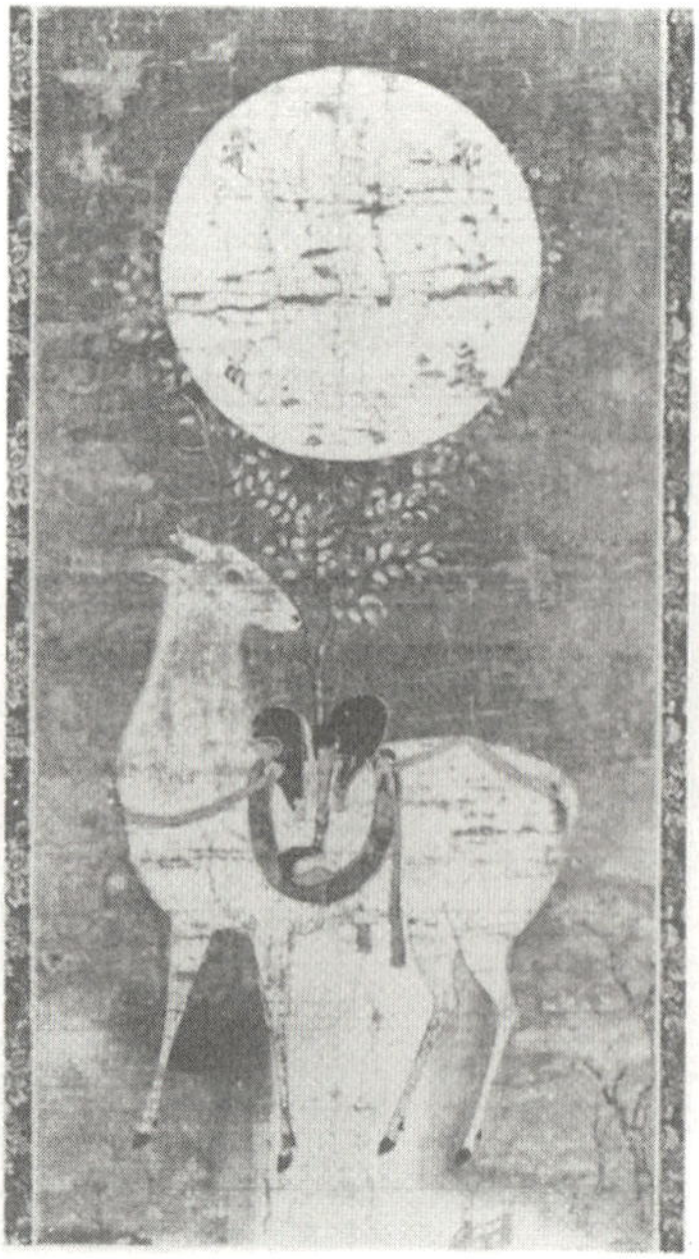

我《wǒ》想《xiǎng》，即《jí》使《shǐ》是《shì》不《bú》带《dài》鹿《lù》角《jiǎo》的《de》母《mǔ》鹿《lù》，也《yě》有《yǒu》聪《cōng》明《míng》、温《wēn》柔《róu》和《hé》了《liǎo》不《bu》起《qǐ》的《de》。当《dāng》人《rén》们《men》看《kàn》到《dào》小《xiǎo》白《bái》时《shí》一《yì》颗《kē》心《xīn》都《dōu》会《huì》被《bèi》打《dǎ》动《dòng》。因《yīn》为《wèi》它《tā》是《shì》一《yì》只《zhī》品《pǐn》位《wèi》高《gāo》尚《shàng》、气《qì》质《zhì》优《yōu》雅《yǎ》的《de》鹿《lù》。

到《dào》目《mù》前《qián》为《wéi》止《zhǐ》，人《rén》们《men》都《dōu》在《zài》自《zì》己《jǐ》的《de》图《tú》案《àn》设《shè》计《jì》中《zhōng》画《huà》过《guò》很《hěn》多《duō》鹿《lù》。但《dàn》是《shì》象《xiàng》小《xiǎo》白《bái》这《zhè》样《yàng》带《dài》着《zhe》花《huā》冠《guān》的《de》母《mǔ》鹿《lù》的《de》容《róng》姿《zī》却《què》是《shì》连《lián》想《xiǎng》都《dōu》没《méi》有《yǒu》想《xiǎng》到《dào》过《guò》吧《ba》。

真《zhēn》想《xiǎng》画《huà》一《yì》张《zhāng》以《yǐ》小《xiǎo》白《bái》这《zhè》只《zhī》母《mǔ》鹿《lù》为《wéi》中《zhōng》心《xīn》的《de》优《yōu》美《měi》的《de》鹿《lù》曼《màn》陀《tuó》罗《luó》画《huà》呢《ne》！

14

きゅうに　日《ひ》がかげって、おおつぶの雨《あめ》です。

白《しろ》ちゃんおやこは、雨《あめ》でもへいき、ぬれてもへいきです。けれど、おひるなのに、あまりくらくなりすぎました。

ぴかっ、ご、ご、ご。おもいがけない　かみなりさま。シカたちは、かみなりさまが　だいきらいです。光《ひかり》も、おとも、きみがわるくて、おちつけません。

14

天《tiān》一《yí》下《xià》子《zi》变《biàn》阴《yīn》，下《xià》起《qǐ》大《dà》雨《yǔ》来《lái》了《le》。

对《duì》小《xiǎo》白《bái》母《mǔ》子《zǐ》俩《liǎng》来《lái》说《shuō》，就《jiù》是《shì》下《xià》雨《yǔ》也《yě》不《bú》怕《pà》，即《jí》使《shǐ》被《bèi》雨《yǔ》淋《lín》湿《shī》也《yě》无《wú》所《suǒ》谓《wèi》。但《dàn》是《shì》现《xiàn》在《zài》是《shì》大《dà》白《bái》天《tiān》，怎《zěn》么《me》这《zhè》天《tiān》好《hǎo》象《xiàng》黑《hēi》得《de》太《tài》厉《lì》害《hài》了《le》吧《ba》。

“哗《huā》啦《la》啦《la》！轰《hōng》隆《long》隆《long》！”真《zhēn》没《méi》想《xiǎng》到《dào》雷《léi》公《gōng》公《gong》出《chū》现《xiàn》了《le》。鹿《lù》儿《ér》们《men》最《zuì》怕《pà》雷《léi》声《shēng》了《le》。闪《shǎn》电《diàn》、雷《léi》鸣《míng》让《ràng》它《tā》们《men》毛《máo》骨《gǔ》悚《sǒng》然《rán》不《bù》能《néng》安《ān》定《dìng》下《xià》来《lái》。

こうえんで　あそんでいた人《ひと》びとも、お寺《てら》や神社《じんじゃ》や、おやすみどころへ、にげこみました。

きせつにはやい　ゆうだちのみちを、ヘッドライトをともした　くるまが、雨《あま》しぶきをあげて　はしってゆきます。

どどん、どどんとなりわたった　かみなりが　とぎれると、人《ひと》も、シカも、ほっとします。いつまでつづくのかと、いきをのんでいたのも　ゆめのように、みどりをぬらして、ゆうだちがあがりました。

在《zài》公《gōng》园《yuán》里《li》游《yóu》览《lǎn》的《de》人《rén》们《men》也《yě》躲《duǒ》进《jìn》了《le》寺《sì》院《yuàn》、神《shén》社《shè》、休《xiū》息《xi》的《de》地《dì》方《fāng》去《qù》避《bì》雨《yǔ》了《le》。

还《hái》没《méi》到《dào》下《xià》傍《bàng》晚《wǎn》时《shí》雨《yǔ》的《de》时《shí》候《hòu》，天《tiān》却《què》变《biàn》得《de》黑《hēi》乎《hū》乎《hū》地《de》下《xià》起《qǐ》了《le》骤《zhòu》雨《yǔ》。道《dào》路《lù》上《shàng》的《de》汽《qì》车《chē》也《yě》只《zhǐ》好《hǎo》亮《liàng》起《qǐ》了《le》前《qián》灯《dēng》，溅《jiàn》着《zhe》雨《yǔ》水《shuǐ》飞《fēi》快《kuài》地《de》驶《shǐ》去《qù》。

当《dāng》这《zhè》响《xiǎng》彻《chè》云《yún》霄《xiāo》的《de》轰《hōng》隆《long》隆《long》、轰《hōng》隆《long》隆《long》的《de》雷《léi》声《shēng》渐《jiàn》渐《jiàn》停《tíng》下《xià》来《lái》的《de》时《shí》候《hòu》，游《yóu》客《kè》们《men》、鹿《lù》儿《ér》们《men》也《yě》都《dōu》松《sōng》下《xià》了《le》一《yì》口《kǒu》气《qì》来《lái》。

正《zhèng》愁《chóu》着《zhe》这《zhè》雨《yǔ》不《bù》知《zhī》要《yào》下《xià》到《dào》多《duō》久《jiǔ》的《de》时《shí》候《hòu》，就《jiù》象《xiàng》是《shì》做《zuò》梦《mèng》一《yí》样《yàng》，雨《yǔ》一《yí》下《xià》子《zi》停《tíng》了《le》。周《zhōu》围《wéi》的《de》树《shù》木《mù》好《hǎo》象《xiàng》被《bèi》嫩《nèn》绿《lù》色《sè》的《de》颜《yán》料《liào》刷《shuā》过《guò》一《yí》样《yàng》那《nà》么《me》清《qīng》新《xīn》。

白《しろ》ちゃんは、氷室神社《ひむろじんじゃ》のまえのみちを、よこぎろうとしていました。いつものように　ちゅういぶかく、くるまの　とぎれるのをまって、わたりおえました。その白《しろ》ちゃんのあとをおって、あかちゃんジカが、たどたどしくわたりかけたとき、いきおいよくはしってきたくるまが、きゅーんと、きしみました。白《しろ》ちゃんは、とびあがりました。このよのくうきをすって、たった十六日《じゅうろくにち》。たいせつな　あかちゃんのいのちが、あっけなく　ちってしまったのです。

小《xiǎo》白《bái》要《yào》穿《chuān》过《guò》冰《bīng》室《shì》神《shén》社《shè》前《qián》的《de》道《dào》路《lù》。它《tā》象《xiàng》往《wǎng》常《cháng》一《yí》样《yàng》，小《xiǎo》心《xīn》地《de》等《děng》着《zhe》来《lái》往《wǎng》汽《qì》车《chē》的《de》空《kòng》隙《xì》穿《chuān》过《guò》了《le》道《dào》路《lù》。正《zhèng》当《dāng》小《xiǎo》白《bái》后《hòu》面《mian》的《de》仔《zǐ》鹿《lù》摇《yáo》摇《yáo》晃《huàng》晃《huàng》地《de》跟《gēn》着《zhe》妈《mā》妈《ma》越《yuè》过《guò》道《dào》路《lù》时《shí》，飞《fēi》驰《chí》而《ér》来《lái》的《de》汽《qì》车《chē》却《què》“吱《zhī》吱《zhī》吱《zhī》”地《de》发《fā》出《chū》了《le》刹《shā》车《chē》声《shēng》。小《xiǎo》白《bái》一《yí》下《xià》子《zi》跳《tiào》了《le》起《qǐ》来《lái》。在《zài》这《zhè》世《shì》界《jiè》上《shàng》只《zhǐ》呼《hū》吸《xī》了《le》十《shí》六《liù》天《tiān》空《kōng》气《qì》的《de》小《xiǎo》鹿《lù》儿《ér》，它《tā》那《nà》宝《bǎo》贵《guì》的《de》生《shēng》命《mìng》就《jiù》这《zhè》么《me》一《yí》下《xià》子《zi》消《xiāo》失《shī》了《le》。

15

こうえんの　あちこちに、小《ちい》さなシカの子《こ》が　うまれていました。

けれど、白《しろ》ちゃんのおちちをすう　あかちゃんは、もういません。

のむ子《こ》をうしなった　白《しろ》ちゃんのおっぱいから、おちちが　したたりおちました。

あかちゃんジカと　さんぽしている白《しろ》ちゃんの、あやしいほどのうつくしさが、ただの十六日《じゅうろくにち》しか、みられなかったとは。

15

许《xǔ》多《duō》小《xiǎo》鹿《lù》儿《ér》在《zài》公《gōng》园《yuán》的《de》这《zhè》里《li》、那《nà》里《li》被《bèi》生《shēng》下《xià》来《lái》了《le》。

但《dàn》是《shì》，却《què》没《méi》有《yǒu》小《xiǎo》鹿《lù》儿《ér》再《zài》来《lái》吃《chī》小《xiǎo》白《bái》的《de》奶《nǎi》。

小《xiǎo》白《bái》因《yīn》为《wèi》失《shī》去《qù》了《le》正《zhèng》吃《chī》着《zhe》奶《nǎi》的《de》孩《hái》子《zi》，所《suǒ》以《yǐ》从《cóng》它《tā》的《de》奶《nǎi》子《zi》上《shàng》一《yì》直《zhí》滴《dī》着《zhe》奶《nǎi》水《shuǐ》。和《hé》孩《hái》子《zi》一《yì》起《qǐ》散《sàn》步《bù》时《shí》的《de》小《xiǎo》白《bái》那《nà》无《wú》与《yǔ》论《lún》比《bǐ》的《de》美《měi》丽《lì》姿《zī》态《tài》，只《zhǐ》仅《jǐn》仅《jǐn》维《wéi》持《chí》了《le》十《shí》六《liù》天《tiān》。

それからの白《しろ》ちゃんの目《め》は、たしかに　こちらを見《み》ているときでも、なにも見《み》ていないようでした。空《そら》のくもも、七《なな》いろのにじも、目《め》にうつって、とおりすぎてゆくだけでした。

おだやかなシカのなかでも、白《しろ》ちゃんは、とくにかしこく、しとやかなシカでした。あかちゃんをみごもっているあいだも、うまれてからも、いちども　あばれたことはありません。

それなのに、かわいいあかちゃんを　なくしたあとの　白《しろ》ちゃんは、すぐに、あばれるようになりました。

从《cóng》那《nà》以《yǐ》后《hòu》，小《xiǎo》白《bái》的《de》眼《yǎn》神《shén》即《jí》使《shǐ》是《shì》在《zài》看《kàn》着《zhe》这《zhè》里《li》，但《dàn》是《shì》送《sòng》给《gěi》我《wǒ》们《men》的《de》却《què》是《shì》一《yí》个《ge》什《shén》么《me》都《dōu》没《méi》看《kàn》的《de》感《gǎn》觉《jué》。即《jí》使《shǐ》天《tiān》空《kōng》中《zhōng》那《nà》多《duō》么《me》美《měi》丽《lì》的《de》云《yún》彩《cai》，和《hé》那《nà》挂《guà》在《zài》天《tiān》边《biān》的《de》多《duō》么《me》迷《mí》人《rén》的《de》彩《cǎi》虹《hóng》，这《zhè》些《xiē》在《zài》小《xiǎo》白《bái》的《de》眼《yǎn》睛《jīng》里《li》却《què》已《yǐ》经《jìng》没《méi》有《yǒu》什《shén》么《me》可《kě》让《ràng》它《tā》留《liú》恋《liàn》的《de》了《le》。

在《zài》这《zhè》安《ān》顺《shùn》的《de》鹿《lù》群《qún》里《li》，小《xiǎo》白《bái》却《què》是《shì》一《yì》只《zhī》特《tè》别《bié》聪《cōng》明《míng》、娴《xián》淑《shū》静《jìng》雅《yǎ》的《de》鹿《lù》。无《wú》论《lùn》是《shì》在《zài》它《tā》怀《huái》着《zhe》鹿《lù》儿《ér》的《de》时《shí》候《hòu》，还《hái》是《shì》在《zài》它《tā》生《shēng》下《xià》了《le》孩《hái》子《zi》以《yǐ》后《hòu》，小《xiǎo》白《bái》却《què》从《cóng》来《lái》没《méi》有《yǒu》胡《hú》闹《nào》过《guò》一《yí》次《cì》。

当《dāng》小《xiǎo》白《bái》那《nà》可《kě》爱《ài》的《de》鹿《lù》儿《ér》死《sǐ》了《le》以《yǐ》后《hòu》，它《tā》的《de》性《xìng》情《qíng》一《yí》下《xià》子《zi》变《biàn》得《de》凶《xiōng》暴《bào》起《qǐ》来《lái》了《le》。

ははジカは、子《こ》をまもるために　つっかかってゆくばあいが　おおいのですが、白《しろ》ちゃんは、子《こ》をうしなってから、ちかづく人《ひと》のむねに、まえ足《あし》をあげて、ぜんしんの力《ちから》で、つっかかってゆくのです。
人《ひと》びとは、白《しろ》ちゃんのかなしみが　どんなにふかいか、いたみがどんなにはげしいかを、しりました。

白《しろ》ちゃんは、もう　人《ひと》をしんじません。
人《ひと》をゆるしません。
つらいねえ、白《しろ》ちゃん。

对《duì》鹿《lù》妈《mā》妈《ma》小《xiǎo》白《bái》来《lái》说《shuō》，因《yīn》为《wèi》是《shì》要《yào》保《bǎo》护《hù》自《zì》己《jǐ》孩《hái》子《zi》的《de》缘《yuán》故《gù》，所《suǒ》以《yǐ》也《yě》有《yǒu》常《cháng》常《cháng》去《qù》主《zhǔ》动《dòng》顶《dǐng》撞《zhuàng》对《duì》方《fāng》的《de》时《shí》候《hòu》。小《xiǎo》白《bái》因《yīn》为《wèi》失《shī》去《qù》了《le》自《zì》己《jǐ》心《xīn》爱《ài》的《de》孩《hái》子《zi》，所《suǒ》以《yǐ》它《tā》会《huì》提《tí》起《qǐ》前《qián》蹄《tí》拼《pīn》命《mìng》地《de》去《qù》顶《dǐng》撞《zhuàng》走《zǒu》近《jìn》自《zì》己《jǐ》的《de》人《rén》们《men》的《de》胸《xiōng》部《bù》。

人《rén》们《men》终《zhōng》于《yú》懂《dǒng》得《dé》了《le》小《xiǎo》白《bái》内《nèi》心《xīn》的《de》痛《tòng》苦《kǔ》和《hé》悲《bēi》伤《shāng》有《yǒu》多《duō》深《shēn》。

小《xiǎo》白《bái》对《duì》人《rén》们《men》已《yǐ》经《jīng》失《shī》去《qù》了《le》信《xìn》心《xīn》。

它《tā》也《yě》决《jué》不《bù》饶《ráo》恕《shù》人《rén》们《men》。

小《xiǎo》白《bái》啊《a》，你《nǐ》真《zhēn》太《tài》凄《qī》惨《cǎn》了《le》！

16

おんなジカは、ふつう、まん三《さん》ねんをすぎて　はじめての子《こ》をうみ、それから　なんねんかは、まいとし一《いっ》とうずつ、子《こ》をうむとききます。

でも、白《しろ》ちゃんは、はじめてうんだ　あかちゃんをなくしたあと、とうとう、一《いっ》とうの子《こ》も、うみませんでした。

そして、さらに九《く》ねん。

16

听《tīng》说《shuō》一《yì》般《bān》母《mǔ》鹿《lù》过《guò》了《le》三《sān》岁《suì》开《kāi》始《shǐ》生《shēng》孩《hái》子《zi》。接《jiē》着《zhe》的《de》几《jǐ》年《nián》内《nèi》每《měi》一《yì》年《nián》生《shēng》一《yì》只《zhī》。

死《sǐ》去《qù》了《le》第《dì》一《yí》次《cì》生《shēng》下《xià》来《lái》的《de》孩《hái》子《zi》的《de》小《xiǎo》白《bái》，终《zhōng》究《jiū》没《méi》能《néng》生《shēng》下《xià》第《dì》二《èr》胎《tāi》来《lái》。

接《jiē》着《zhe》又《yòu》过《guò》了《le》九《jiǔ》年《nián》。

うなだれて　くさをたべている　白《しろ》ちゃんのすがたを、よく見《み》ました。そばをとおっても、だまって　じっとしている　白《しろ》ちゃんでした。

白《しろ》ちゃんのいるあたりに　ただようくうきが、そこだけ、うすむらさきにしずむよう。そのむらさきが、やわらかな白《しろ》い毛《け》の　花《はな》かんむりを　うきたたせていました。

人《ひと》びとは、白《しろ》ちゃんにあうと、とくべつに　よいことがあったという　よろこびを　かんじました。

「白《しろ》ちゃんにあうと、しょうぶうんがよい」とか、「白《しろ》ちゃんとあった日《ひ》には、いいことがある」とかいう人《ひと》が、おおくなりました。

常《cháng》常《cháng》可《kě》以《yǐ》看《kàn》到《dào》小《xiǎo》白《bái》低《dī》垂《chuí》着《zhe》头《tóu》在《zài》默《mò》默《mò》地《de》吃《chī》草《cǎo》。即《jí》使《shǐ》走《zǒu》过《guò》它《tā》的《de》身《shēn》边《biān》，它《tā》也《yě》总《zǒng》是《shì》不《bù》声《shēng》不《bù》响《xiǎng》地《de》、一《yí》动《dòng》也《yě》不《bú》动《dòng》地《de》站《zhàn》着《zhe》。

在《zài》小《xiǎo》白《bái》周《zhōu》围《wéi》那《nà》飘《piāo》着《zhe》的《de》空《kōng》气《qì》，也《yě》都《dōu》好《hǎo》象《xiàng》变《biàn》成《chéng》了《le》淡《dàn》淡《dàn》的《de》紫《zǐ》色《sè》，而《ér》且《qiě》还《hái》带《dài》着《zhe》些《xiē》忧《yōu》伤《shāng》。这《zhè》淡《dàn》淡《dàn》的《de》紫《zǐ》色《sè》正《zhèng》好《hǎo》衬《chèn》托《tuō》着《zhe》小《xiǎo》白《bái》那《nà》软《ruǎn》软《ruǎn》的《de》白《bái》色《sè》花《huā》冠《guān》。

人《rén》们《men》觉《jué》得《de》当《dāng》遇《yù》上《shàng》小《xiǎo》白《bái》的《de》话《huà》，会《huì》高《gāo》兴《xìng》地《de》认《rèn》为《wéi》这《zhè》是《shì》一《yí》件《jiàn》非《fēi》常《cháng》引《yǐn》以《yǐ》为《wéi》自《zì》豪《háo》的《de》事《shì》。

“见《jiàn》到《dào》小《xiǎo》白《bái》定《dìng》会《huì》交《jiāo》上《shàng》好《hǎo》的《de》胜《shèng》运《yùn》”。“遇《yù》到《dào》小《xiǎo》白《bái》的《de》那《nà》天《tiān》一《yí》定《dìng》会《huì》有《yǒu》好《hǎo》事《shì》”。抱《bào》着《zhe》这《zhè》种《zhǒng》想《xiǎng》法《fǎ》的《de》人《rén》也《yě》越《yuè》来《lái》越《yuè》多《duō》起《qǐ》来《lái》了《le》。

人《ひと》は、じぶんの　きにいったものにであうと、きげんがよくなるのです。

そんな、かってな人間《にんげん》のおもいからは、とおいところで、シカの白《しろ》ちゃんは、だまって　いきていました。

だれをも　あいさなかったのではないと、おもいます。

秋《あき》のくるたびに、そのこえをまっていたでしょうに。しょうがい一《いち》どのおとこジカ、そして、うまれたあかちゃんジカを、ふかくふかく、あいしたからだとおもいます。

当《dāng》人《rén》们《men》和《hé》自《zì》己《jǐ》喜《xǐ》欢《huān》的《de》东《dōng》西《xi》相《xiāng》遇《yù》时《shí》，情《qíng》绪《xù》也《yě》会《huì》变《biàn》得《de》格《gé》外《wài》的《de》好《hǎo》。

人《rén》们《men》在《zài》自《zì》我《wǒ》的《de》想《xiǎng》像《xiàng》，小《xiǎo》白《bái》却《què》远《yuǎn》远《yuǎn》地《de》、静《jìng》静《jìng》地《de》渡《dù》过《guò》着《zhe》它《tā》的《de》岁《suì》月《yuè》。

我《wǒ》想《xiǎng》小《xiǎo》白《bái》并《bìng》不《bú》是《shì》没《méi》有《yǒu》爱《ài》过《guò》别《bié》人《rén》呀《ya》。

每《měi》当《dāng》秋《qiū》天《tiān》到《dào》来《lái》的《de》时《shí》候《hòu》，小《xiǎo》白《bái》总《zǒng》是《shì》在《zài》等《děng》着《zhe》那《nà》个《ge》熟《shú》悉《xī》的《de》叫《jiào》声《shēng》。虽《suī》然《rán》它《tā》一《yì》生《shēng》中《zhōng》只《zhǐ》拥《yōng》有《yǒu》过《guò》一《yì》只《zhī》公《gōng》鹿《lù》，但《dàn》是《shì》我《wǒ》想《xiǎng》它《tā》也《yě》有《yǒu》过《guò》深《shēn》深《shēn》的《de》爱《ài》，它《tā》也《yě》深《shēn》深《shēn》地《de》爱《ài》过《guò》自《zì》己《jǐ》的《de》孩《hái》子《zi》。

17

白《しろ》ちゃんが、十八《じゅうはっ》さいの　たんじょう日《び》をまえにした　夏《なつ》のよる。

もう、よなかの十一《じゅういち》じを、すぎていました。

興福寺《こうふくじ》のけいだいで　白《しろ》ちゃんたちが　やすんでいますと、なにかのちかづくけはいがしました。

また、犬《いぬ》かな。

いや、人《ひと》だ！　おとこだ！　どうしたんだ！

17

快《kuài》要《yào》到《dào》小《xiǎo》白《bái》过《guò》十《shí》八《bā》岁《suì》生《shēng》日《rì》的《de》那《nà》个《ge》夏《xià》天《tiān》。

已《yǐ》经《jīng》是《shì》过《guò》了《le》 晚《wǎn》上《shang》十《shí》一《yī》点《diǎn》了《le》。

在《zài》兴《xìng》福《fú》寺《sì》的《de》院《yuàn》落《luò》里《li》，当《dāng》小《xiǎo》白《bái》它《tā》们《men》睡《shuì》着《zháo》的《de》时《shí》候《hóu》，好《hǎo》象《xiàng》有《yǒu》什《shén》么《me》东《dōng》西《xi》在《zài》向《xiàng》它《tā》们《men》靠《kào》近《jìn》的《de》感《gǎn》觉《jué》。

又《yòu》是《shì》狗《gǒu》吧《ba》。

不《bù》，是《shì》人《rén》！ 是《shì》个《ge》男《nán》的《de》！ 是《shì》怎《zěn》么《me》回《huí》事《shì》呢《ne》？

グループで　いちばんとしうえの　リーダーのシカが、

「ピャッ！　ピャッ！」

と、けいかいしんごうを　さけびながら、はねあがりました。

あぶないときに　むきだすおしりの　かがみ毛《げ》が、白《しろ》く見《み》え、リーダーがおとと　はんたいのほうこうへ　とびだすとどうじに、そこにいた　二十《にじゅっ》とうあまりの　おんなジカも、いっせいに、とびはねました。

パン！　パン！　パン！

りょうじゅうをうつおとです。

人間《にんげん》が、ひそかに　シカをとりにきたのです。

鹿《lù》群《qún》里《li》最《zuì》年《nián》长《zhǎng》的《de》鹿《lù》王《wáng》在《zài》“唧《jī》唧《jī》！”地《de》发《fā》出《chū》危《wēi》险《xiǎn》信《xìn》号《hào》的《de》同《tóng》时《shí》飞《fēi》快《kuài》地《de》跳《tiào》了《le》起《qǐ》来《lái》。

鹿《lù》在《zài》危《wēi》险《xiǎn》的《de》时《shí》候《hóu》会《huì》竖《shù》起《qǐ》屁《pì》股《gu》上《shàng》的《de》白《bái》毛《máo》来《lái》传《chuán》达《dá》危《wēi》险《xiǎn》信《xìn》号《hào》。鹿《lù》王《wáng》朝《cháo》着《zhe》发《fā》出《chū》声《shēng》音《yīn》的《de》相《xiāng》反《fǎn》方《fāng》向《xiàng》逃《táo》走《zǒu》的《de》同《tóng》时《shí》，那《nà》边《biān》的《de》二《èr》十《shí》多《duō》只《zhī》母《mǔ》鹿《lù》，一《yí》下《xià》子《zi》从《cóng》地《dì》面《miàn》上《shàng》跳《tiào》了《le》起《qǐ》来《lái》。

“乒《pīng》、乒《pīng》、乒《pīng》。”

猎《liè》人《rén》开《kāi》了《le》枪《qiāng》。

人《rén》们《men》偷《tōu》偷《tōu》地《de》打《dǎ》鹿《lù》来《lái》了《le》。

白《しろ》ちゃんが、とっさのこきゅうで　とびだしたところは、春日大社《かすがたいしゃ》の　一《いち》のとりいの　みちでした。ひづめが、ほそうに　すべったのでしょうか。であいがしらの　くるまだったのでしょうか。

白《しろ》ちゃんは、「あっ」とおもったことでしょう。「しまった！」と、くやんだかもしれません。

くるまのライトが、かいぶつの　大目《おおめ》だまのように、どどどっと　せまってきて、白《しろ》ちゃんをはねとばしました。

そのしゅんかん、白《しろ》ちゃんのいきが　たえました。

小《xiǎo》白《bái》一《yì》口《kǒu》气《qì》跑《pǎo》出《chū》来《lái》的《de》地《dì》方《fāng》是《shì》春《chūn》日《rì》神《shén》社《shè》的《de》第《dì》一《yī》牌《pái》坊《fāng》路《lù》。可《kě》能《néng》是《shì》脚《jiǎo》蹄《tí》滑《huá》在《zài》柏《bǎi》油《yóu》马《mǎ》路《lù》上《shàng》的《de》缘《yuán》故《gù》，或《huò》许《xǔ》是《shì》迎《yíng》面《miàn》飞《fēi》驰《chí》而《ér》来《lái》的《de》汽《qì》车《chē》的《de》缘《yuán》故《gù》吧《ba》。

“啊《à》！”小《xiǎo》白《bái》震《zhèn》撼《hàn》地《de》叫《jiào》了《le》一《yì》声《shēng》。“不《bù》好《hǎo》了《le》！”也《yě》许《xǔ》这《zhè》时《shí》小《xiǎo》白《bái》已《yǐ》经《jīng》后《yǐ》悔《jīng》了《le》。

汽《qì》车《chē》的《de》灯《dēng》光《guāng》仿《fǎng》佛《fú》是《shì》怪《guài》物《wù》的《de》大《dà》眼《yǎn》珠《zhū》一《yí》样《yàng》，来《lái》势《shì》汹《xiōng》汹《xiōng》地《de》逼《bī》着《zhe》飞《fēi》驰《chí》过《guò》来《lái》，一《yí》下《xià》子《xià》撞《zhuàng》飞《fēi》了《le》小《xiǎo》白《bái》。

在《zài》这《zhè》一《yí》瞬《shùn》间《jiān》，小《xiǎo》白《bái》停《tíng》止《zhǐ》了《le》呼《hū》吸《xī》。

たましいの
白《しろ》ちゃん。
あなたは、いま、
どこにいますか。
たいせつなあかちゃんを
だいていますか。
なつかしい山《やま》ジカと、
めぐりあいましたか。
それとも……

亡《wáng》灵《líng》的《de》小《xiǎo》白《bái》，

现《xiàn》在《zài》你《nǐ》在《zài》哪《nǎ》里《li》呀《ya》？

是《shì》否《fǒu》还《hái》在《zài》抱《bào》着《zhe》你《nǐ》那《nà》宝《bǎo》贝《bèi》的《de》孩《hái》子《zi》呢《ne》？

是《shì》否《fǒu》和《hé》那《nà》令《lìng》人《rén》爱《ài》恋《liàn》的《de》山《shān》鹿《lù》相《xiāng》逢《féng》了《le》呢《ne》？

或《huò》者《zhě》是《shì》……

このあいだ、わたくしは、
白《しろ》ちゃんとおなじ
ひたいに、白《しろ》い毛《け》の
花《はな》かんむりを　そよがせた
ハトを見《み》ましたが、
あれは、白《しろ》ちゃんでは
なかったでしょうか。

上《shàng》次《cì》

我《wǒ》看《kàn》到《dào》一《yì》只《zhī》

和《hé》小《xiǎo》白《bái》一《yí》样《yàng》

头《tóu》顶《dǐng》上《shàng》长《zhǎng》着《zhe》一《yí》个《ge》

白《bái》色《sè》花《huā》冠《guān》的《de》鸽《gē》子《zi》。

莫《mò》非《fēi》那《nà》是《shì》小《xiǎo》白《bái》吧《ba》。

奈良《なら》のシカ（一九五八年九月一八日　天然記念物指定《てんねんきねんぶつしてい》）
　ニホンジカ。偶蹄目《ぐうていもく》、シカ科《か》、シカ属《ぞく》、亜種《あしゅ》

白《しろ》ちゃんのあゆみ
　誕生《たんじょう》——一九五四年八月二〇日
　出産《しゅっさん》——一九六三年五月二四日
　子《こ》ジカの死《し》——一九六三年六月九日
　死亡《しぼう》——一九七二年七月一一日

＊長皇子《ながのみこ》『万葉集《まんようしゅう》』第一巻（八四）
　秋《あき》さらば今も見《み》るごと妻恋《つまこ》ひに鹿鳴《しかな》かむ山《やま》ぞ高野原《たかのはら》の上《うえ》

＊紀貫之《きのつらゆき》『古今和歌集《こきんわかしゅう》』巻五（三一二）
　　　　なが月のつごもりの日、大井にてよめる
　ゆふづくよをぐらの山《やま》になくしかのこゑのうちにや秋《あき》はくるらん

＊春日大社創建伝承《かすがたいしゃそうけんでんしょう》
　神護景雲《じんごけいうん》二年（七六八）常陸《ひたち》の鹿島《かしま》から、タケミカヅチノミコトが白鹿《はくしか》にのって、御蓋山《みかさやま》へおりたという。

＊お水取行事《みずとりぎょうじ》
　天平勝宝《てんぴょうしょうほう》四年（七五二）にはじまったとする東大寺《とうだいじ》二月堂《にがつどう》の十一面観音悔過行法《じゅういちめんかんのんけかぎょうほう》。

＊八八ページ写真「春日鹿曼茶羅《かすがしかまんだら》」（景山春樹著『神道美術』より）

奈《nài》良《liáng》的《de》鹿《lù》（1958年《nián》9月《yuè》18日《rì》被《bèi》指《zhǐ》定《dìng》为《wéi》天《tiān》然《rán》纪《jì》念《niàn》物《wù》）

日《rì》本《běn》鹿《lù》：偶《ǒu》蹄《tí》目《mù》、鹿《lù》科《kē》、亚《yà》种《zhǒng》。

小《xiǎo》白《bái》的《de》简《jiǎn》历《lì》

诞《dàn》生《shēng》日《rì》——1954年《nián》8月《yuè》20日《rì》

分《fēn》娩《miǎn》日《rì》——1963年《nián》5月《yuè》24日《rì》

仔《zǎi》鹿《lù》的《de》死《sǐ》亡《wáng》日《rì》——1963年《nián》6月《yuè》9日《rì》

小白《xiǎobái》的《de》死《sǐ》亡《wáng》日《rì》——1972年《nián》7月《yuè》11日《rì》

＊长《cháng》皇《huáng》子《zǐ》：『万《wàn》叶《yè》集《jí》』第《dì》一《yí》卷《juàn》（84）

到《dào》了《le》秋《qiū》季《jì》，就《jiù》象《xiàng》现《xiàn》在《zài》看《kàn》到《dào》的《de》一《yí》样《yang》，在《zài》这《zhè》高《gāo》原《yuán》的《de》原《yuán》野《yě》上《shàng》，

雄《xióng》鹿《lù》恋《liàn》着《zhe》妻《qī》子《zi》满《mǎn》山《shān》不《bù》停《tíng》地《de》唱《chàng》起《qǐ》恋《liàn》歌《gē》。

＊纪《jì》贯《guàn》之《zhī》：『古《gǔ》今《jīn》和《hé》歌《gē》集《jí》』第《dì》五《wǔ》卷《juàn》（312）

9月《jiǔ yuè》最《zuì》后《hòu》的《de》那《nà》天《tiān》，在《zài》大《dà》井《jǐng》唱《chàng》的《de》歌《gē》

仿《fǎng》佛《fú》是《shì》在《zài》那《nā》傍《bàng》晚《wǎn》的《de》月《yuè》光《guāng》照《zhào》着《zhe》的《de》暗《àn》暗《àn》的《de》小《xiǎo》仓《cāng》山《shān》上《shàng》，

鹿《lù》儿《ér》们《men》寂《jì》寞《mò》地《de》在《zài》唱《chàng》着《zhe》和《hé》深《shēn》秋《qiū》告《gào》别《bié》的《de》歌《gē》。

＊春《chūn》日《rì》大《dà》社《shè》创《chuàng》建《jiàn》传《chuán》承《chéng》

神《shén》护《hù》景《jǐng》云《yún》二《èr》年《nián》（768）说《shuō》是《shì》武《wǔ》甕《wèng》棰《chuí》命《mìng》神《shén》骑《qí》着《zhe》白《bái》鹿《lù》从《cóng》

常《cháng》陆《liù》的《de》鹿《lù》岛《dǎo》来《lái》到《dào》御《yù》盖《gài》山《shān》而《ér》下《xià》。

＊取《qǔ》水《shuǐ》仪《yí》式《shì》

是《shì》指《zhǐ》在《zài》天《tiān》平《píng》胜《shèng》宝《bǎo》四《sì》年《nián》（752）开《kāi》始《shǐ》的《de》在《zài》东《dōng》大《dà》寺《sì》二《èr》月《yuè》堂《táng》

的《de》十《shí》一《yī》脸《zūn》观《guān》音《yīn》悔《huǐ》过《guò》修《xiū》行《xián》法《fǎ》。

＊88页《yè》照《zhào》片《piān》「春《chūn》日《rì》鹿《lù》曼《màn》茶《chá》罗《luó》」摘《zhāi》自《zì》景《jǐng》山《shān》春《chūn》树《shù》著《zhù》的《de》『神《shén》道《dào》美《měi》术《shù》』

旧版あとがき

白《しろ》ちゃんは、突然変異《とつぜんへんい》とでもいうのでしょうか、シカの歴史《れきし》のなかでも、めずらしいすがたで、この世《よ》に、うまれてきました。

ほんとうにいた、シカです。子《こ》ジカのころから「しずけさ」「けだかさ」をかんじさせる白《しろ》ちゃんでした。白《しろ》ちゃんがようやくあかちゃんをうんだこと、そのあかちゃんが車《くるま》にはねられたことなど、新聞《しんぶん》でよみました。

そのころ、おなかをすかせたおとうとや、いもうとのために、よその柿《かき》の木《き》から、実《み》をとってとがめられた、筑豊《ちくほう》の少年《しょうねん》とあいました。

そのしずお君《くん》に、白《しろ》ちゃんのことをはなしました。

后《hòu》记《jì》

可《kě》以《yǐ》说《shuō》是《shì》小《xiǎo》白《bái》突《tū》然《rán》的《de》异《yì》常《cháng》变《biàn》化《huà》吧《ba》。然《rán》而《ér》在《zài》鹿《lù》的《de》历《lì》史《shǐ》中《zhōng》，以《yǐ》这《zhè》么《me》珍《zhēn》奇《qí》的《de》姿《zī》态《tài》降《jiàng》生《shēng》在《zài》这《zhè》世《shì》界《jiè》上《shàng》了《le》。

这《zhè》是《shì》真《zhēn》有《yǒu》过《guò》的《de》一《yì》只《zhī》鹿《lù》。从《cóng》小《xiǎo》白《bái》还《hái》是《shì》仔《zǎi》鹿《lù》的《de》时《shí》候《hòu》起《qǐ》，就《jiù》让《ràng》人《rén》感《gǎn》觉《jué》到《dào》那《nà》种《zhǒng》“文《wén》静《jìng》”和《hé》“高《gāo》雅《yǎ》”。有《yǒu》关《guān》小《xiǎo》白《bái》终《zhōng》于《yú》生《shēng》了《le》孩《hái》子《zi》的《de》事《shì》、以《yǐ》及《jí》生《shēng》下《xià》的《de》孩《hái》子《zi》被《bèi》汽《qì》车《chē》撞《zhuàng》死《sǐ》的《de》事《shì》，这《zhè》些《xiē》都《dōu》是《shì》在《zài》报《bào》纸《zhǐ》上《shàng》看《kàn》到《dào》的《de》。

那《nà》时《shí》候《hòu》，在《zài》筑《zhù》丰《fēng》见《jiàn》到《dào》了《le》一《yí》位《wèi》为《wèi》了《le》饿《è》着《zhe》肚《dù》子《zi》的《de》弟《dì》弟《di》和《hé》妹《mèi》妹《mei》，爬《pá》到《dào》别《bié》人《rén》家《jiā》的《de》柿子《shìzi》树《shù》上《shàng》去《qù》采《cǎi》柿《shì》子《zi》的《de》少《shào》年《nián》。

给《gěi》这《zhè》个《ge》叫《jiào》静《jìng》夫《fū》的《de》少《shào》年《nián》讲《jiǎng》了《le》小《xiǎo》白《bái》的《de》故《gù》事《shi》。

「子《こ》ジカがなくなってから、白《しろ》ちゃんの気《き》があらくなったの。人《ひと》がちかづくと、まえ足《あし》をあげてつっかかってゆくんですって」

そういったら、しずお君《くん》は、ほとんどさけぶようにいいました。

「人《ひと》も、シカも、おんなしだね。おんなしなんだね」

ことばがかよわなくても、こころは、かよいます。おどろきやすいシカなので、白《しろ》ちゃんのせなかに手《て》をふれたこともないわたしですが、白《しろ》ちゃんのおんなごころや、ははごころをおもうと、いつも、むねがあつくなりました。

白《しろ》ちゃんがなくなってから、もう十《じゅう》ねん、いえ、十一《じゅういち》ねんにもなろうとしています。

小《ちい》さな人《ひと》へのおはなしをかくのは、とてもむつかしいことです。それでも、「白《しろ》ちゃんがいたことだけでも話《はな》しておこう」と、じぶんをはげまして、長《なが》いあいだ、だいてきた白《しろ》ちゃんのおもかげを、はじめてつづりました。

さいわい、「奈良《なら》の鹿愛護会《しかあいごかい》」の向田《むかいだ》紹雄《あきお》さんのおちからぞえをいただきました。

“小《xiǎo》白《bái》的《de》仔《zǎi》鹿《lù》死《sǐ》了《le》以《yǐ》后《hòu》，它《tā》的《de》性《xìng》格《gé》变《biàn》得《de》粗《cū》暴《bào》了《le》。当《dāng》人《rén》走《zǒu》近《jìn》它《tā》时《shí》，它《tā》会《huì》用《yòng》前《qián》蹄《tí》去《qù》顶《dǐng》撞《zhuàng》别《bié》人《rén》。”

这《zhè》么《me》说《shuō》了《le》以《yǐ》后《hòu》，静《jìng》夫《fū》少《shào》年《nián》几《jī》乎《hū》是《shì》在《zài》叫《jiào》喊《hǎn》着《zhe》说《shuō》：“人《rén》和《hé》鹿《lù》是《shì》一《yí》样《yàng》的《de》嘛《ma》！　都《dōu》是《shì》一《yí》样《yàng》的《de》嘛《ma》！”

语《yǔ》言《yán》不《bù》通《tōng》，但《dàn》是《shì》心《xīn》是《shì》彼《bǐ》此《cǐ》相《xiāng》通《tōng》的《de》。鹿《lù》是《shì》很《hěn》容《róng》易《yì》受《shòu》惊《jīng》吓《xià》的《de》。虽《suī》然《rán》我《wǒ》没《méi》有《yǒu》把《bǎ》手《shǒu》放《fàng》在《zài》过《guò》小《xiǎo》白《bái》的《de》背《bèi》上《shàng》，但《dàn》是《shì》当《dāng》我《wǒ》一《yì》想《xiǎng》到《dào》小《xiǎo》白《bái》那《nà》颗《kē》温《wēn》柔《róu》的《de》女《nǚ》人《rén》心《xīn》、那《nà》颗《kē》慈《cí》祥《xiáng》的《de》母《mǔ》亲《qīn》的《de》心《xīn》时《shí》，胸《xiōng》中《zhōng》顿《dùn》觉《jué》热《rè》乎《hū》乎《hū》的《de》。

小《xiǎo》白《bái》去《qù》世《shì》已《yǐ》经《jīng》十《shí》年《nián》了《le》，不《bù》、正《zhèng》好《hǎo》快《kuài》十《shí》一《yī》年《nián》了《le》。

给《gěi》孩《hái》子《zi》们《men》写《xiě》书《shū》是《shì》非《fēi》常《cháng》难《nán》的《de》。即《jí》使《shǐ》这《zhè》样《yàng》，我《wǒ》还《hái》是《shì》要《yào》把《bǎ》曾《céng》经《jīng》有《yǒu》过《guò》这《zhè》么《me》一《yí》个《gè》小《xiǎo》白《bái》的《de》事《shì》儿《er》告《gào》诉《su》给《gěi》大《dà》家《jiā》。同《tóng》时《shí》也《yě》是《shì》在《zài》鼓《gǔ》励《lì》着《zhe》自《zì》己《jǐ》。在《zài》这《zhè》段《duàn》很《hěn》长《cháng》的《de》时《shí》间《jiān》里《lǐ》，终《zhōng》于《yú》把《bǎ》一《yì》直《zhí》浮《fú》现《xiàn》在《zài》心《xīn》中《zhōng》的《de》小《xiǎo》白《bái》的《de》面《miàn》影《yǐng》用《yòng》文《wén》字《zì》把《bǎ》它《tā》编《biān》织《zhī》起《qǐ》来《lái》了《le》。

荣《róng》幸《xìng》的《de》是《shì》，得《dé》到《dào》了《le》奈《nài》良《liáng》爱《ài》鹿《lù》协《xié》会《huì》向《xiàng》田《tián》韶《sháo》雄《xióng》先《xiān》生《sheng》

カメラマン飯村稀市《いいむらきいち》さんのうつくしい写真《しゃしん》で、ありし日《ひ》の白《しろ》ちゃんをみることができます。向田《むかいだ》さん、飯村《いいむら》さんをご紹介《しょうかい》くださったのは、『奈良県観光《ならけんかんこう》』の三枝熊次郎《さえぐさくまじろう》さんでした。

筑摩書房《ちくましょぼう》の中川美智子《なかがわみちこ》さんは、ずっとむかしにおはなしした白《しろ》ちゃんのことを、よくおぼえていて、じつにきめこまかくめんどうをみてくださいました。そして柏原《かしわばら》成光《しげみつ》さんを中心《ちゅうしん》とする編集部《へんしゅうぶ》のかたがたも意見《いけん》をだしあわれ、この『シカの白《しろ》ちゃん』が、うまれたのです。ありがとうございました。

どうか、白《しろ》ちゃんが、あなたのおこころにもつつまれますようにと、いのりまして。

一九八三年《ねん》五月《がつ》十六日《にち》

おかべ・いつこ

的《de》协《xié》助《zhù》。因《yīn》为《wei》有《yǒu》了《le》摄《shè》影《yǐng》家《jiā》饭《fàn》村《cūn》稀《xī》市《shì》先《xiān》生《sheng》摄《shè》下《xià》的《de》美《měi》丽《lì》的《de》小《xiǎo》白《bái》的《de》照《zhào》片《piàn》，才《cái》能《néng》欣《xīn》赏《shǎng》到《dào》往《wǎng》日《rì》小《xiǎo》白《bái》的《de》倩《qiàn》影《yǐng》。把《bǎ》向《xiàng》田《tián》先《xiān》生《sheng》和《hé》饭《fàn》村《cūn》先《xiān》生《sheng》介《jiè》绍《shào》给《gěi》我《wǒ》的《de》是《shì》奈《nài》良《liáng》县《xiàn》观《guān》光《guāng》三《sān》枝《zhī》熊《xióng》次《cì》郎《láng》先《xiān》生《sheng》。

在《zài》很《hěn》早《zǎo》以《yǐ》前《qián》，我《wǒ》曾《céng》经《jīng》把《bǎ》小《xiǎo》白《bái》的《de》事《shì》情《qíng》告《gào》诉《su》过《guò》筑《zhù》摩《mó》书《shū》房《fáng》的《de》中《zhōng》川《chuān》美《měi》智《zhì》子《zǐ》女《nǚ》士《shì》，她《tā》一《yì》直《zhí》记《jì》得《de》这《zhè》件《jiàn》事《shì》。这《zhè》次《cì》得《dé》到《dào》了《le》她《tā》细《xì》致《zhì》周《zhōu》到《dào》的《de》安《ān》排《pái》和《hé》服《fú》务《wù》。以《yǐ》柏《bǎi》原《yuán》成《chéng》光《guāng》先《xiān》生《sheng》为《wéi》中《zhōng》心《xīn》的《de》编《biān》辑《jí》部《bù》的《de》各《gè》位《wèi》成《chéng》员《yuán》们《men》也《yě》一《yì》起《qǐ》提《tí》供《gōng》了《le》他《tā》们《men》的《de》意《yì》见《jiàn》，这《zhè》样《yàng》，这《zhè》本《běn》《梅《méi》花《huā》鹿《lù》小《xiǎo》白《bái》》才《cái》诞《dàn》生《shēng》的《de》。感《gǎn》谢《xiè》各《gè》位《wèi》！

最《zuì》后《hòu》，我《wǒ》祈《qí》祷《dǎo》着《zhe》小《xiǎo》白《bái》将《jiāng》会《huì》永《yǒng》远《yuǎn》地《de》留《liú》在《zài》您《nín》的《de》心《xīn》里《li》。

一《yī》九《jiǔ》八《bā》三《sān》年《nián》五《wǔ》月《yuè》十《shí》六《liù》日《rì》

冈《gāng》部《bù》伊《yī》都《dū》子《zǐ》

「白《しろ》ちゃん」へ捧《ささ》げる歌《うた》

李広宏

私の友人で奈良の原さんが、一冊の童話を私に勧めてくれました。日本語も理解できますし、奈良のことも少々知っているつもりでしたので、何気なく読み始めたのですが、そのうち涙がポロポロこぼれてきました。

「シカの白ちゃん」、なんて悲しくて優しいお話なんだ！

心に何かずしりとしたものを感じました。この感動が原さんを通じて原作者に伝わるところとなり、恐れ多くも伊っちゃんのご自宅におまねきいただき、感動のひとときを過ごさせていただいたことを、今もはっきり覚えています。爾来すっかり先生のファンになりました。もの静かな中にもピンと筋の通った素晴らしい日本女性だと尊

献《xiàn》给《gěi》小《xiǎo》白《bái》的《de》歌《gē》

李《lǐ》广《guǎng》宏《hóng》

住《zhù》在《zài》奈《nài》良《liáng》的《de》友《yǒu》人《rén》原《yuán》保《bǎo》代《dài》女《nǔ》士《shì》赠《zèng》送《sòng》给《gěi》了《le》我《wǒ》一《yì》本《běn》书《shū》。因《yīn》为《wéi》我《wǒ》懂《dǒng》日《rì》文《wén》，而《ér》且《qiě》对《duì》奈《nài》良《liáng》的《de》事《shì》也《yě》知《zhī》道《dào》几《jī》分《fèn》，所《suǒ》以《yǐ》很《hěn》随《suí》意《yì》地《de》读《dòu》起《qǐ》了《le》这《zhè》本《běn》书《shū》。可《kě》是《shì》读《dú》着《zhe》读《dú》着《zhe》，不《bù》知《zhī》不《bù》觉《jué》地《de》我《wǒ》就《jiù》流《liú》下《xià》了《le》泪《lèi》水《shuǐ》……。

原《yuán》来《lái》，《梅《méi》花《huā》鹿《lù》小《xiǎo》白《bái》》的《de》故《gù》事《shi》是《shì》这《zhè》么《ma》的《de》悲《bēi》哀《āi》而《ér》又《yòu》是《shì》这《zhè》么《ma》的《de》温《wēn》馨《xīn》啊《a》。

但《dàn》是《shì》我《wǒ》心《xīn》里《lǐ》却《què》总《zǒng》觉《jué》得《de》很《hěn》沉《chén》重《chóng》的《de》。奈《nài》良《liáng》的《de》原《yuán》女《nǔ》士《shì》把《bǎ》我《wǒ》的《de》这《zhè》个《gě》感《gǎn》受《shòu》传《chuán》达《dá》给《gěi》了《le》《梅《méi》花《huā》鹿《lù》小《xiǎo》白《bái》》的《de》原《yuán》作《zuò》者《zhě》冈《gāng》部《bù》伊《yī》都《dū》子《zǐ》女《nǔ》士《shì》。应《yìng》冈《gāng》部《bù》伊《yī》都《dōu》子《zǐ》女《nǔ》士《shì》的《de》邀《yāo》请《qǐng》，不《bù》胜《shèng》惶《huáng》恐《kǒng》地《de》来《lái》到《dào》了《le》京《jīng》都《dōu》冈《gāng》部《bù》女《nǚ》士《shì》的《de》家《jia》，一《yī》起《qǐ》渡《dù》过《guò》了《le》一《yí》段《duàn》美《měi》好《hǎo》难《nán》忘《wàng》的《de》时《shí》光《guāng》。时《shí》至《zhì》今《jīn》日《rì》我《wǒ》还《hái》记《jì》得《de》那《nā》时《shí》的《de》情《qíng》景《jǐng》。之《zhī》后《hòu》，我《wǒ》便《biàn》彻《chè》头《tóu》彻《chè》尾《wěi》地《de》成《chéng》了《le》冈《gāng》部《bù》女《nǔ》士《shì》的《de》迷《mí》了《le》。她《tā》给《gěi》我《wǒ》的《de》印《yìn》象《xiàng》是《shì》温《wēn》柔《róu》弱《ruò》小《xiǎo》的《de》身《shēn》子《zi》里《lǐ》，透《tòu》着《zhe》一《yí》道《dào》笔《bǐ》直《zhí》耀《yào》眼《yǎn》光《guāng》芒《máng》的《de》日《rì》本《běn》

敬申し上げております。

さて、本書『シカの白ちゃん』のけなげで哀れなお話の中に、人間たちの身勝手な生活のために、動物や草や木も不自然な世界へ追いやられてゆく悲しさを感じずにはおられません。自然との「共存共生」、これが無ければ、いずれ人間たちは自然界から大きな仕返しを受けることになるでしょう。このお話は子供さんたちだけではなく、大人たちへの警鐘でもあるのではないかと私は感じました。

多くのご家族で「白ちゃん」のお話が読まれるといいなと思っておりました折、韓国語でも出版されたとのお話を伺いました。私はこの日本の古都奈良発の童話が、アジアやアメリカやヨーロッパや世界中の人々に読まれるといいなと思いました。

今、私は、音楽を通して日本と中国の文化・芸術の交流の一助になればと両国で歌っています。親子、兄弟、家族の情愛、忘れがたいふるさとを思う心、美しい自然に感動する心、これは世界中どこでも同じ。これが私の歌い続けるテーマです。そし

女性《nǔ xìng》。让我肃然起敬《ràng wǒ sù rán qǐ jìng》。

《梅花鹿小白》《méi huā lù xiǎo bái》这个《zhè ge》坚强《jiān jiàng》怜悯《lián mǐn》的《de》故事《gù shi》，让我《ràng wǒ》觉得《jué de》在《zài》这个《zhè gě》地球上《dì qiú shàng》，因为《yīn wèi》我们《wǒ men》的《de》为所欲为《wéi suǒ yù wéi》，却把《què bǎ》动物《dòng wù》、草木《cǎo mù》赶到了《gǎn dào le》一个《yī gè》极不自然《jí bù zì rán》的《de》境界里《jìng jiè lǐ》。这真《zhè zhēn》让我《ràng wǒ》痛心无比《tòng xīn wú bǐ》。如果《rú guǒ》人们《rén men》继续《jì xù》无视《wú shì》与《yú》自然《zì rán》共生共存《gòng shēng gòng cún》的话《de huà》，那么《nà me》不远《bù yuǎn》的将来《de jiāng lái》，人们《rén men》将会《jiāng huì》受到《shòu dào》自然《zì rán》的《de》无情《wú qíng》回报《huí bào》。这些事《zhè xiē shì》不《bù》仅仅《jǐn jǐn》是给《shì gěi》孩子《hái zi》、更是给《gēng shì gěi》我们《wǒ men》大人们《dà rén men》敲响了《qiāo xiǎng le》警钟《jǐng zhōng》。

我希望《wǒ xī wàng》《梅花鹿小白》《méi huā lù xiǎo bái》的故事《de gù shi》能在《néng zài》更多《gèng duō》的《de》家庭里《jiā tíng lǐ》被《bèi》阅读《yuè dú》。听说《tīng shuō》这本书《zhè běn shū》已有《yǐ yǒu》韩国语《hán guó yǔ》译本《yì běn》。我觉得《wǒ jué de》这个《zhè ge》出自《chū zì》日本《rì běn》古都《gǔ dū》奈良《nài liáng》的《de》童话《tóng huà》，如果《rú guǒ》能让《néng ràng》亚洲《yà zhōu》、美洲《měi zhōu》、欧洲《ōu zhōu》或《huò》全世界《quán shì jiè》的《de》人们《rén men》读到《dòu dào》的话《de huà》，那该《nà gāi》有多好啊《yǒu duō hǎo a》 ！

为了《wèi le》加深《jiā shēn》中国《zhōng guó》和《hé》日本《rì běn》的《de》文化《wén huà》艺术《yì shù》的《de》交流《jiāo liú》，现在《xiàn zài》我《wǒ》正《zhēng》投身于《tóu shēn yú》两国《liǎng guó》的《de》音乐《yīn yuè》活动中《huó dòng zhōng》。父母《fù mǔ》和《hé》孩子《hái zi》间《jiān》的《de》亲情《qīn qíng》、手足情《shǒu zú qíng》、家庭《jiā tíng》的《de》温馨《wēn xīn》、难忘《nán wàng》的《de》乡情《xiāng qíng》、被《bèi》自然《zì rán》感动《gǎn dòng》的《de》一颗《yì kē》纯朴《chún pǔ》的心《de xīn》。这些《zhè xiē》才是《cái shì》世界《shì jiè》各国《gě guó》各《gè》民族《mín zú》人民《rén mín》共通《gòng tōng》的《de》。这也是《zhè yě shì》我《wǒ》歌唱《gē chàng》的《de》一个《yí ge》主题《zhǔ tí》。为了《wèi le》能把《néng bǎ》富有《fù yǒu》魅力《mèi lì》的《de》

て日本の素晴らしい童謡の世界を、中国の人々にも知ってもらおうと訳詞活動を続けています。「童謡と童話」、歌うか語るか、そこには共通のものがあると感じています。

童謡唱歌の美しいメロディーのみごとなハーモニー。これにもう一つ日本の童話を加えて中国の人々にも知ってもらおう。そうだ、『シカの白ちゃん』を中国語に翻訳してみよう！

早速伊っちゃんのご了解を得て、大胆にも翻訳を開始したのですが——。

歌の訳詞もそれなりの難しさはありますが、童話には違った難しさがありました。日本人なら理解し合える情緒、空気、心の動きなど、又子供さんたちへの語りかけ、中国の人々へはどんな漢字を当てて説明すれば物語の感動を味わってもらえるだろうか、などと悩み、学習し、日本の先輩諸氏にも教えを乞いました。

さびしさをこらえて、けなげに生きようとする「白ちゃん」。突然襲った不幸。「白ちゃん」は私たちに何かを言いたかったのでは、などと翻訳しながら又ポロポロと涙

日《rì》本《běn》童《tóng》谣《yáo》世《shì》界《jiè》介《jiè》绍《shào》给《gěi》中《zhōng》国《guó》人《rén》民《mín》，我《wǒ》正《zhèng》积《jī》极《jí》地《de》把《bǎ》日《rì》本《běn》的《de》童《tóng》谣《yáo》、抒《shū》情《qíng》歌《gē》曲《qǔ》翻《fān》成《chéng》中《zhōng》文《wén》。童《tóng》谣《yáo》和《hé》童《tóng》话《huà》，唱《chàng》和《hé》读《dú》，我《wǒ》觉《jué》得《de》它《tā》们《men》有《yǒu》共《gòng》通《tōng》之《zhī》处《chù》。

优《yōu》美《měi》的《de》童《tóng》谣《yáo》旋《xuán》律《lù》加《jiā》上《shang》动《dòng》人《rén》的《de》童《tóng》话《huà》故《gù》事《shi》，呀《ya》！太《tài》配《pèi》了《le》。对《duì》！把《bǎ》《梅《méi》花《huā》鹿《lù》小《xiǎo》白《bái》》也《yě》翻《fān》成《chéng》中《zhōng》文《wén》。

很《hěn》快《kuài》我《wǒ》就《jiù》得《dé》到《dào》了《le》冈《gāng》部《bù》女《nǔ》士《shì》的《de》赞《zàn》成《chéng》，并《bìng》开《kāi》始《shǐ》了《le》大《dà》胆《dǎn》的《de》翻《fān》译《yì》工《gōng》作《zuò》。

以《yǐ》前《qián》翻《fān》译《yì》的《de》歌《gē》词《cí》虽《suī》然《rán》也《yě》不《bù》容《róng》易《yì》，但《dàn》是《shì》童《tóng》话《huà》更《gèng》有《yǒu》童《tóng》话《huà》的《de》难《nàn》处《chù》。只《zhǐ》有《yǒu》日《rì》本《běn》人《rén》才《cái》能《néng》互《hù》相《xiāng》理《lǐ》解《jiě》的《de》情《qíng》绪《xù》、气《qì》氛《fēn》、心《xīn》理《lǐ》、还《hái》有《yǒu》对《duì》孩《hái》子《zi》们《men》用《yòng》的《de》话《huà》语《yǔ》。用《yòng》怎《zěn》样《yàng》的《de》词《cí》语《yǔ》才《cái》能《néng》恰《qià》当《dàng》地《de》让《ràng》中《zhōng》国《guó》人《rén》更《gèng》能《néng》容《róng》易《yì》理《lǐ》解《jiě》和《hé》感《gǎn》动《dòng》等《děng》等《děng》。这《zhè》些《xiē》都《dōu》给《gěi》我《wǒ》带《dài》来《lái》了《le》很《hěn》多《duō》烦《fán》恼《nǎo》。我《wǒ》就《jiù》翻《fān》字《zì》典《diǎn》或《huò》询《xún》问《wèn》日《rì》本《běn》友《yǒu》人《rén》。

忍《rěn》着《zhe》寂《jì》寞《mò》，坚《jiān》强《qiáng》地《de》活《huó》着《zhe》的《de》‘小《xiǎo》白《bái》’以《yǐ》及《jí》这《zhè》突《tū》然《rán》降《jiàng》临《lín》的《de》不《bù》幸《xìng》。‘小《xiǎo》白《bái》’是《shì》否《fǒu》想《xiǎng》告《gào》诉《sù》我《wǒ》们《men》些《xiē》什《shén》么《ma》。我《wǒ》一《yì》边《biān》翻《fān》译《yì》，一《yì》边《biān》留《liú》下《xià》了《le》热《rè》泪《lèi》。

がこぼれてしまいます。

「白ちゃん」誕生から五十年以上たった今でも、否、今だからこそ、飛躍的に進歩する機械文明の中に追いやられてゆく美しい自然や清らかな人の心に思いをやることの重大さをこの本は教えてくれます。

「白ちゃん」、今あなたたちは天国で静かに暮しているでしょうね。私は鎮魂の気持ちを込めて「白ちゃん」へ捧げる歌を作りました。

伊っちゃん、どうかつたない翻訳をお許し下さい。そして「白ちゃん」の歌、一緒に歌いましょう。

二〇〇五年七月

即使是《jí shǐ shì》‘小白《xiǎo bái》’诞生《dànshēng》已《yǐ》50《wǔ shí》多年《duō nián》的《de》现在《xiàn zài》，不《bù》！正《zhèng》因为是现在《yīn wéi shì xiàn zài》。在这日新月异《zài zhè rì xīn yuè yì》的《de》机械文明《jī xiè wén míng》中《zhōng》，这本书《zhè běn shū》告诉我们《gào sù wǒ men》：去爱《qù ài》这《zhè》美丽《měi lí》的《de》大自然《dà zì rán》，去爱《qù ài》人们《rén men》的《de》清湛《qīng zhàn》心灵《xīn líng》是《shì》多么《duō me》的《de》重要《chóng yào》啊《a》！

‘小白《xiǎo bái》’，现在《xiàn zài》你《nǐ》一定《yī ding》静静《jìng jìng》地《de》生活《shēng huó》在《zài》天国《tiān guó》里《lǐ》吧《ba》！

为了《wèi le》安魂《ān hún》，为了《wéi le》纪念《jì niàn》你《nǐ》，我《wǒ》作了《zuò le》一首《yì shǒu》诗《shī》、谱了《pǔ le》一首《yì shǒu》曲《qǔ》，我《wǒ》把《bǎ》它《tā》献给《xiàn gěi》你《nǐ》。

冈部老师《gāng bù lǎo shī》，请您《qǐng nín》多多《duō duō》谅解《liàng jiě》我《wǒ》这部《zhè bù》拙译《zhuō yì》。请让《qǐng ràng》我们《wǒ men》大家《dà jiā》一起《yì qǐ》来唱《lái chàng》这首《zhè shǒu》《梅花鹿《méi huā lù》小白《xiǎo bái》》吧《ba》！

2005年7月

心の手を取り合って

岡部伊都子

二十二年ほど以前に、それまで、実在の「雌鹿ですばらしい魅力を備えていた『白ちゃん』の一生を、泣き泣き幼い人のために綴った」のでした。ところがその『シカの白ちゃん』（筑摩書房刊）は、子供さんばかりでなく、老年者に至るまでのさまざまな階層の人々に愛され、読んでいただけました。

『シカの白ちゃん』復刊のご心労をして下さった奈良の原保代様から、一冊を手にしてご一緒に我が家まで来て下さった中国蘇州市出身の歌手、李広宏様が、お逢いするなり「この『シカの白ちゃん』大好きだよ！」と、ハイ・テノールで叫んで下さった時の嬉しさを私は忘れることができません。

握起了心灵之手《wò qǐ le xīn líng zhī shǒu》

冈部伊都子《gāng bù yī dōu zǐ》

二十二年前《èr shí èr nián qián》，我流着泪《wǒ liú zhe lèi》，把一只极富有魅力又动人《bǎ yì zhī jí fù yǒu mèi lì yòu dòng rén》可爱的母鹿小白的真实的一生《kě ài de mǔ lù xiǎo bái de zhēn shí de yì shēng》，通过一部童话小说《tōng guò yí bù tóng huà xiǎo shuō》《梅花鹿小白《méi huā lù xiǎo bái》》献给了孩子们《xiàn gěi le hái zi men》。然而《rán ér》，这本《zhè běn》《梅花鹿小白《méi huā lù xiǎo bái》》（筑摩书房出版《zhú mā shū fáng chū bǎn》）不仅仅受到孩子们的喜爱《bù jǐn jǐn shòu dào hái zǐ men de xǐ ài》，同时也受到其他各年代直到年老读者的喜爱《tong shí yě shòu dào jī tā gè nián dài zhí dào nián lǎo dú zhě de xǐ ài》。

住在奈良的原保代女士《zhù zài nài liáng de yuán bǎo dài nǚ shì》，为了日文版《wèi le rì wén bǎn》《梅花鹿小白《méi huā lù xiǎo bái》》的再版付出了辛劳《de zài bǎn fù chū le xīn láo》。中国苏州出身的歌手李广宏先生《zhōng guó sū zhōu chū shēn de gē shǒu lǐ guǎng hóng xiān shēng》，带着从原女士那儿赠送的日文版的《dài zhe cóng yuán nǚ shì nà ér zèng song de rì wén bǎn de》《梅花鹿小白《méi huā lù xiǎo bái》》和原保代女士一起来到了我家《hé yuán bǎo dài nǚ shì yì qǐ lái dào le wǒ jiā》。李先生用他那高昂的男高音激动地对我说《lǐ xiān shēng yòng tā nà gāo áng de nán gāo yīn jī dòng de duì wǒ shuō》：“我太喜欢《wǒ tài xǐ huān》《梅花鹿小白《méi huā lù xiǎo bái》》这本书了《zhè běn shū le》！”他那高兴的神采让我至今难以忘怀《tā nà gāo xìng de shén cǎi ràng wǒ zhì jīn nán yǐ wáng huái》。

そしてほんとに、大阪市立中央公会堂での李広宏コンサートの中で、ご自分の作詞作曲された「シカの白ちゃん」のお歌を、歌って下さったのでした。

二〇〇三年四月には、朴菖熙様のお力で韓国語訳された白ちゃんが韓国の出版社から出版されました。ハングルの読めない私がその本を抱いた小さな人たちから花束をもらったことがあります。

「対訳」という状態を、今回初めて見せていただきました。こんなに具体的に開いた頁両方で、互いの言葉、心の手を取り合うことができる出版形式が可能だったんですね。

李広宏様は中国語の教師。みごとな翻訳の文字をも、対訳頁に惹かされて、繰り返し涙して味わっています。

各地から『シカの白ちゃん』はありませんか」と、お電話やお手紙をいただきますが、一番最初の「伊つ子の本」しか、ありませんので、お返事に悩んでいました。

没《méi》过《guò》多《duō》久《jiǔ》，在《zài》大《dà》阪《bǎn》市《shì》立《lì》中《zhōng》央《yāng》公《gōng》会《huì》堂《táng》举《jǔ》办《bàn》的《de》李《lǐ》广《guǎng》宏《hóng》个《gè》人《rén》演《yǎn》唱《chàng》会《huì》上《shǎng》，李《lǐ》先《xiān》生《shēng》唱《chàng》了《le》他《tā》自《zì》己《jǐ》作《zuò》词《cí》、作《zuò》曲《qǔ》的《de》[梅《méi》花《huā》鹿《lù》小《xiǎo》白《bái》]之《zhī》歌《gē》。

二《èr》〇《líng》〇《líng》三《sān》年《nián》四《sì》月《yuè》，借《jiè》朴《piáo》菖《chāng》熙《xī》先《xiān》生《shēng》之《zhī》力《lì》，韩《Hán》国《guó》的《de》出《chū》版《bǎn》社《shè》出《chū》版《bǎn》了《le》朴《piáo》菖《chāng》熙《xī》先《xiān》生《shēng》翻《fān》译《yì》的《de》韩《hán》国《guó》语《yǔ》的《de》《梅《méi》花《huā》鹿《lù》小《xiǎo》白《bái》》。虽《suī》然《rán》我《wǒ》不《bù》懂《dǒng》韩《hán》国《guó》语《yǔ》，但《dàn》是《shì》我《wǒ》却《què》得《dé》到《dào》了《le》怀《huái》抱《bào》着《zhe》韩《Hán》国《guó》语《yǔ》的《de》《梅《méi》花《huā》鹿《lù》小《xiǎo》白《bái》》的《de》韩《hán》国《guó》孩《hái》子《zi》赠《zèng》送《sòng》的《de》鲜《xiān》花《huā》。

这《zhèi》次《cì》，我《wǒ》第《dì》一《yī》次《cì》看《kàn》到《dào》了《le》对《duì》译《yì》这《zhè》样《yàng》的《de》形《xíng》式《shì》。这《zhè》么《me》轻《qīng》松《sōng》地《de》打《dǎ》开《kāi》书《shū》页《yè》，双《shuāng》方《fāng》的《de》语《yǔ》言《yán》这《zhè》么《ma》一《yí》下《xià》子《zi》出《chū》现《xiàn》在《zài》眼《yǎn》前《qián》，心《xīn》灵《líng》之《zhī》手《shǒu》就《jiù》这《zhè》么《ma》一《yí》下《xià》子《zi》握《wò》了《le》起《qǐ》来《lái》，能《néng》用《yòng》这《zhè》种《chóng》形《xíng》式《shì》来《lái》出《chū》版《bǎn》这《zhè》本《běn》书《shū》真《zhēn》是《shì》太《tài》好《hǎo》了《le》。

李《lǐ》先《xiān》生《shēng》原《yuán》是《shì》中《zhōng》文《wén》教《jiào》师《shī》。我《wǒ》被《bèi》他《tā》那《nà》卓《zhuó》越《yuè》的《de》中《zhōng》文《wén》翻《fān》译《yì》及《jí》中《zhōng》日《rì》文《wén》对《duì》译《yì》页《yè》面《miàn》的《de》魅《mèi》力《lì》所《suǒ》吸《xī》引《yǐn》，这《zhè》样《yang》又《yòu》一《yí》次《cì》地《de》让《ràng》我《wǒ》留《liú》下《xià》了《le》热《rè》泪《lèi》。

日《rì》文《wén》版《bǎn》《梅《méi》花《huā》鹿《lù》小《xiǎo》白《bái》》的《de》再《zài》版《bǎn》后《hòu》，从《cōng》各《gè》地《dì》来《lái》电《diàn》、来《lái》信《xìn》，询《xún》问《wèn》有《yǒu》没《méi》有《yǒu》《梅《méi》花《huā》鹿《lù》小《xiǎo》白《bái》》的《de》书《shū》。我《wǒ》回《huí》答《dá》他《tā》们《men》说《shuō》：“只《zhǐ》有《yǒu》最《zuì》初《chū》的《de》「伊《yī》都《dōu》子《zǐ》的《de》书《shū》」。“我《wǒ》每《měi》次《cì》都《dōu》在《zài》愁《chóu》着《zhe》怎《zěn》样《yàng》回《huí》答《dá》他《tā》们《men》才《cái》好《hǎo》呢《ne》。

ありがとうございます。

藤原書店・藤原良雄社長様。このユニークな対訳版『シカの白ちゃん』を出版して下さって。中国語訳でまた「白ちゃん」は翔ぶことでしょう。どこまで翔ぶの「白ちゃん」。

白ちゃんは、なんと多くの方々の深いご慈愛をいただいて、今も生きつづけているのでしょうか。

李広宏様、すばらしい「念」のお仕事、深く御礼申し上げます。スタッフの皆様、ほんとうに、ほんとうにありがとうございました。

二〇〇五年六月二十八日

谢《xiè》谢《xie》您《nín》！藤《téng》原《yuán》书《shū》店《diàn》的《de》藤《téng》原《yuán》良《liáng》雄《xióng》先《xiān》生《shēng》。感《gǎn》谢《xiè》您《nín》出《chū》版《bǎn》了《le》这《zhè》本《běn》具《jù》有《yǒu》独《dú》特《tè》性《xìng》的《de》对《duì》译《yì》版《bǎn》的《de》《梅《méi》花《huā》鹿《lù》小《xiǎo》白《bái》》。因《yīn》为《wéi》是《shì》中《zhōng》文《wén》译《yì》本《běn》，所《suǒ》以《yǐ》‘小《xiǎo》白《bái》’又《yòu》要《yào》飞《fēi》翔《xiáng》了《le》。您《nín》要《yào》飞《fēi》到《dào》哪《nǎ》儿《er》去《qù》呢《ne》‘小《xiǎo》白《bái》’。

‘小《xiǎo》白《bái》’你《nǐ》这《zhè》样《yàng》被《bèi》许《xǔ》许《xǔ》多《duō》多《duō》的《de》人《rén》深《shēn》深《shēn》地《de》爱《ài》着《zhe》。我《wǒ》想《xiǎng》你《nǐ》现《xiàn》在《zài》还《hái》一《yì》直《zhí》活《huó》着《zhe》吧《ba》！

李《lǐ》广《guǎng》宏《hóng》先《xiān》生《shēng》，我《wǒ》对《duì》您《nín》这《zhè》般《bān》用《yòng》心《xīn》周《zhōu》到《dào》的《de》工《gōng》作《zuò》，表《biǎo》示《shì》深《shēn》深《shēn》的《de》谢《xiè》意《yì》！

同《tóng》时《shí》非《fēi》常《cháng》感《gǎn》谢《xiè》对《duì》出《chū》版《bǎn》这《zhè》本《běn》书《shū》而《ér》大《dà》力《lì》协《xié》助《zhù》的《de》各《gè》位《wèi》人《rén》士《shì》。深《shēn》谢《xiè》！

2005年6月28日

作者简介

冈部伊都子

1923年出生在大阪。随笔家。在相爱高等女子学校就读时因病休学。1954年开始了执笔活动。1956年由创元社出版了《饭团之味》。对美术、传统、自然、历史等投入了细致入微的视线的同时，对战争、冲绳、歧视、环境问题等提出了尖锐的论评。
作品：《冈本伊都子集》（全5卷、1996年岩波书店出版）、《锁事深思》（2000年出版）、《在京都的彩色中》和《正因为弱才没有被折跨》（2001年出版）、《贺茂川日记》（2002年出版）、《朝鲜母像》（2004年出版）、《冈本伊都子作品选・美和巡礼》（全5卷、2005年出版）以上由藤原书店出版。等等其他各种书籍。

翻译者简介

李 广 宏

1961年出生在苏州。16岁成为沪剧演员。87年来日。1999年出版了第一张 CD「用中文唱日本心之歌」。同年翻译成中文的日本名曲「苏州夜曲」被日本的乌龙茶电视广告所采用而成了热门话题。至今已出版了7张 CD。通过中日两国的歌曲及举办音乐会的形式来促进中日两国间的文化交流。

（照片） 饭村稀市

1909年出生在奈良县。摄影家。

著者紹介

岡部伊都子（おかべ・いつこ）

1923年大阪に生まれる。随筆家。相愛高等女学校を病気のため中途退学。1954年より執筆活動に入り、1956年に『おむすびの味』（創元社）を刊行。美術、伝統、自然、歴史などにこまやかな視線を注ぐと同時に、戦争、沖縄、差別、環境問題などに鋭く言及する。

著書に『岡部伊都子集』（全5巻、1996年、岩波書店）『思いこもる品々』（2000年）『京色のなかで』（2001年）『弱いから折れないのさ』（2001年）『賀茂川日記』（2002年）『朝鮮母像』（2004年）『岡部伊都子作品選・美と巡礼』（全5巻、2005年、以上藤原書店）他多数。

訳者紹介

李広宏（り・こうこう）

1961年中国蘇州市に生まれる。16歳で中国伝統劇滬劇俳優となる。1987年来日。1999年に第1弾 CD「中国語で歌う日本の心の歌」発表、中国語に訳詞した「蘇州夜曲」がウーロン茶のテレビ CM に使われ話題となる。今まで7枚の CD を発表。音楽を通じての日本と中国の文化交流のため、精力的に日本と中国でコンサート活動を続けている。
http : //www. li-koko. com

（写真）飯村稀市（いいむら・きいち）

1909年、奈良県に生まれる。写真家。

〈中国語対訳〉シカの白《しろ》ちゃん ［CD 2枚付］

2005年 9月30日 初版第1刷発行©
2005年11月10日 初版第2刷発行

著者 岡部伊都子
訳者 李広宏
発行者 藤原良雄
発行所 株式会社 藤原書店

〒162-0041 東京都新宿区早稲田鶴巻町 523
TEL 03（5272）0301
FAX 03（5272）0450
振替 00160-4-17013

印刷・製本 図書印刷

落丁本・乱丁本はお取り替えします
定価はカバーに表示してあります

Printed in Japan
ISBN4-89434-467-X

シカの白《しろ》ちゃん

作詞／作曲　李 広宏

一　奈良《なら》の公園《こうえん》に
一頭《いっとう》の可愛《かわい》い鹿《しか》
白《しろ》き花 冠《はなかんむり》
頭《あたま》の上《うえ》に
気高《けだか》く美《うつく》しき
白《しろ》ちゃんと名《な》づける
けれど　仲間《なかま》は
なぜか逃《に》げる

二　ほのかな愛《あい》の芽生《めば》え
やっとおじかに逢《あ》えて
いま　母《はは》になれど
子鹿《こじか》は事故《じこ》に遭《あ》い
天国《てんごく》に召《め》されて
白《しろ》ちゃんは悲《かな》しくて
その後白《あとしろ》ちゃんも
車《くるま》にはねられた

三　白《しろ》ちゃんが私《わたし》に
夢《ゆめ》の中《なか》で告《つ》げる
この地球《ほし》はみんなの
美《うつく》しい世界《せかい》
互《たが》いに希望《きぼう》を持《も》ち
未来《みらい》を描《えが》き
みどりの大地《だいち》に
仲良《なかよ》く生《い》きる

梅《méi》花《huā》鹿《lù》“小《xiǎo》白《bái》”

李广宏　作词／作曲

一　在《zài》奈《nài》良《liáng》的《di》公《gōng》园《yuán》里《lǐ》
有《yǒu》过《guò》一《yī》只《zhī》梅《méi》花《huā》鹿《lù》
天《tiān》生《shēng》头《tóu》上《shàng》有《yǒu》一《yī》只《zhī》
美《měi》丽《lì》的《di》白《bái》色《sè》花《huā》冠《guān》
因《yīn》为《wéi》长《zhǎng》得《dé》很《hěn》特《tè》别《bié》
人《rén》们《men》称《chēng》它《tā》为《wéi》小《xiǎo》白《bái》
小《xiǎo》白《bái》温《wēn》顺《shùn》又《yòu》可《kě》爱《ài》
人《rén》们《men》喜《xǐ》欢《huan》鹿《lù》却《què》怕《pà》

二　青《qīng》春《chūn》芳《fāng》华《huá》寻《xún》知《zhī》己《jǐ》
赢《yíng》得《dé》鹿《lù》哥《gē》一《yī》片《piàn》心《xīn》
终《zhōng》于《yú》成《chéng》了《le》好《hǎo》妈《mā》妈《mā》
车《chē》祸《huò》却《què》夺《duó》孩《hái》子《zi》命《mìng》
从《cóng》此《cǐ》小《xiǎo》白《bái》不《bù》信《xìn》人《rén》
寂《jì》寞《mò》独《dú》饮《yǐn》伤《shāng》心《xīn》泪《lèi》
谁《shuí》知《zhī》祸《huò》又《yòu》不《bù》单《dān》行《háng》
车《chē》轮《lún》又《yòu》夺《duó》小《xiǎo》白《bái》命《mìng》

三　梦《mèng》中《zhōng》小《xiǎo》白《bái》告《gào》诉《sù》我《wǒ》
世《shì》界《jiè》这《zhè》个《ge》大《dà》天《tiān》地《dì》
属《shǔ》于《yú》你《nǐ》也《yě》属《shǔ》于《yú》我《wǒ》
人《rén》们《men》不《bù》可《kě》独《dú》占《zhàn》己《jǐ》
寄《jì》希《xī》望《wàng》于《yú》未《wèi》来《lái》人《rén》
爱《ài》护《hù》动《dòng》物《wù》和《hé》植《zhí》物《wù》
人《rén》欢《huān》鹿《lù》鸣《míng》绿《lù》色《sè》大《dà》地《dì》
共《gòng》渡《dù》美《měi》好《hǎo》的《di》时《shí》光《guāng》